山海經

圖說

張步天　著

商務印書館

山海經圖說

作　　者：張步天

插　　圖：郭　警

責任編輯：黃振威

封面設計：張　毅

出　　版：商務印書館 (香港) 有限公司

　　　　　香港筲箕灣耀興道 3 號東滙廣場 8 樓

　　　　　http://www.commercialpress.com.hk

發　　行：香港聯合書刊物流有限公司

　　　　　香港新界大埔汀麗路 36 號中華商務印刷大廈 3 字樓

印　　刷：中華商務彩色印刷有限公司

　　　　　香港新界大埔汀麗路 36 號中華商務印刷大廈

版　　次：2018 年 7 月第 1 版第 1 次印刷

　　　　　© 2018 商務印書館 (香港) 有限公司

　　　　　ISBN 978 962 07 5772 3

　　　　　Published in Hong Kong

目 錄

《山海經圖說》出版說明

　　《山海經》是中國古代的文學巨著，成書於兩千多年前，內容經過長時期的修補和增訂，是一部先秦時期的重要古籍。作者今已無從稽考。本書作者是歷史地理學家，深入淺出地向廣大讀者介紹《山海經》之內容。

　　《山海經》一書記錄了中國人在黃河流域的活動。年代溯自大約四千年前的堯舜禹時代，部分內容還包括以後的夏商周時期。書中之記載主要來自民間傳說，內容包羅萬有，且有很高的科學與史料價值。

　　它又保存了不少遠古的傳說，例如膾炙人口的「女媧煉石補青天」、「精衛填海」、「大禹治水」等故事，《山海經圖說》都有詳細的描述。后羿射日是關於宇宙的神話，女媧煉石補青天則是有關開天闢地的創造神話。

　　中國人關於天地和宇宙的觀念很早已經存在。本書作者透過現代的地球儀，解釋中國人的天地觀。當時的中國人想像大地為平圓的形狀，周圍為海洋所包圍，並冠以「四海」之名。至於「渾天說」和「蓋天說」，則是中國人古代宇宙觀之確證。

　　《山海經》記述了兩千多年前西周時期，中國人對山區、河川和物產的調查，其中還收錄了不少地理遊記。中國人其實很早便發現了石油，古人稱之為「玄玉」、「玉膏」。本書作者通過對《山海經》的研究，認為當時的大地測量及一些觀測自然現象的方法，已達到一個很高的水平。

　　這本古籍尚有一個特點：部分內容是先有圖而後有書的。書中常以怪異人物和飛禽走獸來描述各種神話和傳說。這翔實反映了古代中國人對大自然和英雄人物的崇拜。由於年代久遠，當時中國人對萬事萬物的認識，只能透過傳說方式保存下來。

　　為了方便讀者，《山海經圖說》附有許多精美插圖，大大提高趣味性和可讀性。讀者可以透過閱讀這本書，了解到古代中國人的生活模式和習尚，以及他們如何與大自然和諧並存。同時，還可以體會到中國遠古文明的恢宏氣魄。

《山海經》的作者之謎
一部不知道作者姓名的重要著作

　　各位親愛的讀者，你從語文課本中學到的〈夸父追日〉、〈精衛填海〉、〈后羿射日〉等課文，老師說無法確定作者的姓名，當時您或許有些遺憾。是的，這些神話成文時離現在太久遠了。我可以告訴大家，這幾篇神話都在《山海經》這部書裏。《山海經》堪稱世界經典著作，很可惜的是，我們不知道誰是作者。它是一部不知道作者姓名的世界名著。

　　您或許又感到失望了吧？您可能要問，不知道作者姓名，總可以說出那些無名英雄的身份吧？

　　《山海經》總體來說是「官書」，是當時政府有關部門人員寫的，但不是在同一個時間完成的。它的早期底本應該是西周官方機構主持的調查記錄，有文有圖，而且定期或不定期重新修訂，不斷增刪潤色，一直延續到東周，所以說它是不同時代、不同作者的成果。至於作者身份，就用現代詞語「技術官員」吧，而且主要是管理全國土地、山川、物產的部門，和管理全國各地祭祀的部門的「技術官員」，其中就有巫師等神職人員。那時的巫，是最早的知識分子的一部分。

　　雖然說不出《山海經》的原始作者的真名實姓，但是可以估算出它的成書年代。大體說來，《山海經》中的〈山經〉是周朝中央政府和各地諸侯王官的檔案材料，秦始皇統一全國後，這些檔案集中到了秦朝的都城咸陽。漢朝建立後，又集中到了漢朝的都城長安。長安、咸陽離得很近。《山海經》中的〈海經〉可能是官府圖冊，但也有私家作者手筆。

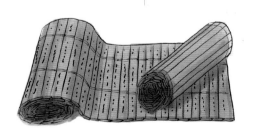

　　秦始皇曾經收集全國各地圖書，凡是他認為對秦朝不利的書都統統燒掉，還有那些書生，也都毫不留情地鎮壓，這就是歷史上說的「焚書坑儒」，這期間燒毀了很多圖書。不過，那些被認為對秦朝沒有害處的書則保存下來，《山海經》就是其中的一部分。

　　西漢時，名臣東方朔和著名歷史學家司馬遷都提到過《山海經》。司馬遷說過這樣一句話：「《山海經》中的怪事怪物，我怎麼能寫進《史記》這部正史中去呢？」如此看來，當時已經有《山海經》，只不過沒有現在我們見到的這樣整齊有序罷了。

劉歆與《山海經》的故事

　　您一定也喜歡「揠苗助長」、「掩耳盜鈴」、「亡羊補牢」、「守株待兔」、「買櫝還珠」、「南轅北轍」、「濫竽充數」等成語故事，您也許都能說出典故來。那麼，現在您又可以學到一個成語了。《山海經》的編者就是「抱殘守缺」這個成語的「主人」。說「主人」，是因為這個成語是由發生在他身上的一個真實故事而來的。

　　《山海經》的編者劉歆（？—23），小時候就非常好學，長大以後成了著名學者。他編製的《三統曆譜》被認為是世界上最早的天文年曆的雛形，他還是中國研究圓周率第一人，計算到 3.15471，比現今得出的精確圓周率 π 值，只略為偏差了約 0.0131。

　　他曾因受到守舊派的排擠而寫了一封公文提出批評和抗議，指出守舊派抱殘守缺，因循守舊，不肯探求新的學問。根據這個故事，後人引申出了「抱殘守缺」這個成語，原意為守着陳舊、殘破的東西不肯放棄，現在多用來比喻思想保守，不肯接受新事物。

　　大家可能要問：劉歆為甚麼要編《山海經》呢？

　　這就要介紹一下他的父親劉向了。劉向（約公元前 77—前 6）本名更生，字子政。他是漢高祖劉邦的弟弟楚元王劉交的四世孫，是漢朝皇室宗親。他少年時愛學習，能寫一手好文章，十二歲就擔任宮廷中引御輦的官。那時候皇帝在宮中行動也很有氣派，前後

左右有一大堆人陪護，帶隊的叫輦郎，選的都是親信大臣的少年公子。劉更生二十歲後就當上大夫級的官。新皇帝漢成帝即位之初，他便更名為劉向。河平三年（公元前 26 年），成帝指派劉向負責審校宮廷藏書，長達十九年，直到逝世。

劉歆是劉向的小兒子，也很有才華。父親在世時，劉歆一直是助手，有機會接觸皇帝藏書館裏的圖書，父親死後又接班主管秘閣。

劉歆接觸《山海經》是由於父親劉向的引導。在劉向之前，已經有朝廷大臣看到這部書的原始材料了。前面提到的東方朔、司馬遷談《山海經》只是有文字記錄最早的兩位。

東方朔談《山海經》是在漢武帝時，當時有人進貢一種鳥，這鳥很奇特，只有一條腿，長得像鶴。皇帝問這是甚麼鳥，朝堂上的大臣沒人敢吭聲。沉默了一陣子，皇帝的目光轉到多才善辯的東方朔身上。東方朔也真是隨機應變的高手，他馬上想到了最近讀過的《山海經》，於是說這是畢方鳥，《山海經》中有記載。就這樣，化解了一場尷尬事，朝堂上的皇帝和大臣們都有了下台階了。於是皇帝下令，大臣們都要學習《山海經》。

同樣的故事後來又發生過一次，這次輪到劉歆的父親劉向當主角。這次是在漢武帝的下一代漢宣帝的朝堂上。有位地方官交上來一份報告，說在一個建築工地下面發現了一間石室，出土了

一具古屍。一具古屍有甚麼稀奇，竟然要驚動到皇上？原來這古屍被捆綁着，而且還戴着刑具，一定是犯了甚麼大罪。皇帝感到很大的興趣，想知道這是怎麼回事，但大臣們都不知道。

這時候，劉向在朝堂上介紹了自己的判斷：這就是貳負之臣。並且把《山海經》的有關原文解釋一遍：貳負的臣子危和貳負殺了人，天帝下令對危用刑，反捆雙手，戴上刑具，關在疏屬山的石洞裏。從此以後，不用皇帝下令，人人都爭着學習《山海經》了。

劉向雖然參與了《山海經》的前期編輯工作，不過，我們還是把《山海經》編訂的功勞記在劉向的兒子劉歆身上。

劉歆把《山海經》雜亂的原始資料整理成兩大部分，並且加上不同層次的標題，〈南山經〉、〈西山經〉、〈北山經〉、〈東山經〉、〈中山經〉、〈南次二經〉、〈中次十二經〉、〈海外南經〉、〈海外西經〉、〈海內南經〉、〈大荒東經〉、〈海內經〉等名字，都是他加上去的。

他還添加了部分正文，增加了〈大荒經〉到〈海內經〉。另外，他還加了一個序言部分，放在〈海外南經〉的開頭。

劉歆編《山海經》時也出現過失誤，不過這個失誤後來又成了一件好事。

他在編訂〈海內東經〉時，資料太少了。他翻來覆去，發現一段文字寫的與東部地區有關，就編了進去。後來有學者發現那段文字不像《山海經》，而是古人寫的《水經》中的一段。我們通常所說的《水經》是專門記述河流湖泊的書，著者和成書年代不詳。後來，北魏的酈道元為它作了注解，即著名的《水經注》。而《山海經》中的這段文字比現在能見到的《水經注》所指的《水經》至少要早三百多年，是研究《水經注》的珍貴資料。

畢方　〔明〕胡文煥圖本

人面畢方　〔清〕《禽蟲典》圖本

【畢　方】

清代的《禽蟲典》中的畢方為人面大鳥，立於山頭之上，俯視眾生。受畢方主壽說法的影響，明代的胡文煥圖本中的畢方為獨足鶴形。

劉歆還寫了兩份編輯題記，內容完全一樣，記錄了完成任務的時間和參加編訂的人員的名字。除了劉歆以外，還有丁望、王龔二位學者。題記一份在〈山經〉中的〈海外東經〉之後，前面有九大篇內容，一份在〈海內東經〉之後，兩份題記之間有四大篇內容。這樣安排肯定有寓意：《山海經》前九大篇是第一部分，也是主體部分；中間四大篇是第二部分；後五大篇是第三部分。

　　公元前 6 年四月丙戌日，劉歆正式向皇帝呈上《山海經》，同時附加一篇報告，介紹了他的編輯動機、《山海經》的學術價值，還有東方朔識畢方鳥、劉向談貳負之臣的故事。那一年距今已經兩千多年了。我們見到的這部世界古籍，就出自劉歆這位大學者之手筆。

走進《山海經》的世界

關於《山海經》的爭論

《山海經》由〈山經〉、〈海經〉兩大部分組成。〈山經〉又稱〈五藏山經〉，或簡稱〈五藏經〉，共有〈南山經〉、〈西山經〉、〈北山經〉、〈東山經〉、〈中山經〉五篇。〈海經〉包括〈海外〉、〈海內經〉八篇、〈大荒經〉四篇、〈海內經〉一篇，共十三篇。下面的表格就算是《山海經》目錄吧。

《山海經》是一部甚麼書呢？學術界有多種觀點。以前有人認為是巫書，是上古時代巫師做法事用的書，這種觀點已經被否定了。目前，主要有地理書、歷史書、神話書幾種觀點。

山海經	山經	南山經：首經、次二經、次三經	
		西山經：首經、次二經、次三經、次四經	
		北山經：首經、次二經、次三經	
		東山經：首經、次二經、次三經、次四經	
		中山經：首經、次二經、次三經、次四經、次五經、次六經、次七經、次八經、次九經、次十經、次十一經、次十二經	
	海經	海外四經	海外南經
			海外西經
			海外北經
			海外東經
		海內四經	海內南經
			海內西經
			海內北經
			海內東經
		大荒四經	大荒東經
			大荒南經
			大荒西經
			大荒北經
		海內經	

中國最早按經史子集四部分類法記錄各類著作的古書《隋書‧經籍志》明確認定《山海經》是地理書。1905 年有學者發表論文，明確主張《山海經》是地理書的觀點。不過，同樣認為《山海經》是地理書的學者，有的主張它的內容寫到了歐洲、美洲、非洲，甚至記述了外星人；有的主張它的內容主要寫的是中國，也包括一些周邊國家。

我主張《山海經》是地理書，並認為，它是地理國學的經典著作。具體原因是：

從整體內容上看，《山海經》可稱為上古時代綜合志書；〈五藏山經〉是《山海經》的主體部分，它是中國上古時代以山嶽、山系為綱目的地理民俗志；〈海經〉則是當時所謂海荒地區的散志，其中記錄的貌似荒誕離奇的神人怪物傳說，卻曲折地反映了從神話時代到有文字記述的歷史時代蓄積起來的豐富文化內涵。

主張《山海經》是歷史書的學者側重研究它的歷史學價值。其實，中國古代的學科分類，是把歷史學和地理學放在一類的，地理屬於歷史類。所以，認為是歷史書的觀點和認為是地理書的觀點又可合併為史地書觀點。

主張《山海經》是神話書的學者認為它論述的是神話，堅持這種觀點的學者也不少，著名學者袁珂就是代表。

學術界有不同觀點是正常的，大家都為《山海經》的研究作出了貢獻。隨着研究的不斷深入，大家的觀點也可能會不斷接近。

《山海經》—— 瑰麗的神話寶庫

《山海經》是一座神話寶庫。就像一座大廈有許多樓層，每一層又有許多房間，神話寶庫也可以分許多類別。神話的分類方法有多種，根據《山海經》記載的材料，我們將其中的神話分為天象神話、洪水神話、動植物神話、神祇神話、氏族神話、趣聞神話、英雄神話等七類。

《山海經》中的神話分類		
神話類型		代　表
神祇神話		四方神句芒、祝融、崑崙神陸吾、青女武羅、洞庭女神二妃
氏族神話		三苗、肅慎、犬戎、鑿齒、氐、巴、匈奴、東胡、大越
趣聞神話		蝛民國、無臂國、女子國、小人國
天象神話	日月星辰神話	后羿射日、常羲浴月
	極地神話	一日方至，一日方出
	風雷電神話	西方之神石夷、雨神應龍
洪水神話		鯀竊息壤、共工振滔洪水、禹殺共工
動植物神話	動物神話	蠱馬、巴蛇、精衛、畢方、鳳凰
	植物神話	瑤草、建木、扶桑
英雄神話	造物神話	女媧
	帝王神話	炎黃、帝俊、堯舜
	哲賢神話	發明播種的后稷、發明造車的奚仲、發明樂曲的太子長琴
	猛志神話	夸父神話、刑天神話、精衛神話
	凶逆神話	窮奇、窫窳

天象神話是天空世界的神話。很久很久以前，人類對天空中的事物，比如太陽月亮，颶風下雨，雷電極光等，認識都非常幼稚。有時很好奇，有時又感到害怕，於是產生了各種各樣的神話。

如今可大不同了，您們肯定已經讀過宇宙知識方面的書，不僅認識了太陽系中的太陽和月球，還知道太陽系的八大行星，我們生活的地球是其中的一個行星，月球是地球唯一的衛星。可以預計，有些關於天空世界的神話故事快要成為「現實」，下面即將介紹的后羿射日衍生的嫦娥奔月神話就是一個例子，說不定在以後的日子裏，本書芸芸眾多讀者當中會有人成為太空人，能到月亮上去看看奔月神話中的嫦娥生活過的「廣寒宮」呢。

《山海經》中的天象神話又可分為日月星辰神話、極地神話和風雷電神話三個亞類。

太陽神話包括羲和浴日、十日並出和后羿射日，在《山海經》的〈大荒南經〉、〈海外東經〉、〈海外西經〉、〈海內經〉中有記載。需要說明的是，今天的《山海經》中只提到帝俊賜給后羿一把弓，沒有關於后羿射日的記載，但是有些古籍中曾經引用過古本《山海經》，是有這個傳說的，應該是後來失落了。

月亮神話常羲浴月在〈大荒西經〉中有記載。〈西山經〉記有西王母的傳說，郭璞《山海經圖贊》中提到后羿從西王母那裏得到不死藥。

後世傳說后羿得到不死藥後，他的妻子嫦娥吃了，飛到月亮上。射日和奔月的神話成為後世文學創作使用頻率很高的素材。

《山海經》也記載了關於星辰的神話，例如〈海外南經〉記載有太歲。太歲就是天上的木星，是太陽系八大行星之一。因為木星大約每十二年運行一周，所以古人稱木星為歲星或太歲，它既是星辰，也是民間奉祀的神祇之一。

極晝極夜只出現在地球南北兩極地區，極光則在兩極地區和鄰近地方可以看到。《山海經》有關這方面的記述也是以神話表現的，可以稱為極地神話。〈大荒東經〉說的「一日方至，一日方出」，就是

極晝期間太陽在地平線上不遠處徘徊不落的奇觀。

《山海經》中記載了四方風神的名字：東方風神叫折丹，南方風神叫因乎，西方風神叫石夷，北方風神叫鵷。《山海經》中記的雨神稱應龍。與雨神對應的是旱神，稱女魃。《山海經》中說，黃帝與蚩尤大戰，應龍和女魃都去助戰，幫助黃帝打敗了蚩尤。

通過以上介紹我們知道了《山海經》中的天象神話有哪些內容，下面來看一篇根據《山海經》記述編寫的天象神話故事。

應龍 〔明〕胡文煥圖本

應龍 〔清〕蕭雲從《天問圖》

【應 龍】

　　大禹治洪水時，應龍曾立下汗馬功勞。清代的《天問圖》中有所描繪，應龍正以尾畫地，引洪水入海。明代的胡文煥圖本則為我們展示了應龍的靜態形象。

「羲和浴日」和「后羿射日」

> 有女子名曰羲和，方日浴於甘淵。羲和者，帝俊之妻，生十日。（《山海經·大荒南經》）
>
> 湯谷上有扶木，一日方至，一日方出，皆載於烏。（《山海經·大荒東經》）
>
> 堯之時，十日並出，焦禾稼，殺草木，而民無所食……堯乃使后羿……射九日……（《淮南子》）

很久很久以前，世界上有十個太陽，他們是帝俊與羲和的兒子。羲和媽媽非常疼愛他們，大家看，她正在替十個寶貝洗澡呢。那個地方叫甘淵，是東方太陽升起的地方。孩子們洗澡也不安分，相互潑水嬉笑，整個場面熱熱鬧鬧的。羲和媽媽則含着微笑望着他們。

突然間，她的笑容消失了，她走到一個孩子身邊。原來這是她最小的兒子，小兒子默默地洗着，望着日出的地方。

羲和媽媽走近小兒子身旁，撫摸着他的頭，低聲親切地說：「明天你值班，放鬆大膽些吧。」

「好的。」小兒子遲疑了一下，好像有甚麼心事似的，又說：「媽媽，我會放鬆的。」

原來，十個太陽是輪流出來的。每天清晨，值班的太陽從湯谷上的扶木出發，扶木是一棵特大的神

羲和浴日　[清]汪紱圖本

樹，又叫扶桑樹。太陽坐在三足烏[1]駕駛的雲車上，從東向西巡行，把他的溫暖平均地灑向大地，地上萬物得以生長。到了傍晚，值班的太陽又回到原處。洗澡處就在附近的甘淵，洗完澡後就在這棵扶桑樹上睡覺，第二天值班的太陽睡在最上端，其餘的則在下面，連鋪位都有固定位置啊。

　　已經不記得過了幾千年還是幾萬年，都是這樣緊張而有序地輪流着。太陽十兄弟帶來了光明和歡樂，地球上的萬物欣欣向榮。人類和動物像鄰居朋友那樣生活在一起。農民日出而耕，日落而息，把穀物堆在田野裏，不必擔心動物偷吃。動物則將牠們的幼兒放在窩裏，不必擔心人類會傷害牠們。人和動物彼此以誠相見，互相尊重對方。為甚麼會這樣呢？因為太陽的光和熱的良性循環帶來了風調雨順，才有了地球上人和動物的溫飽，生態平衡。

1　三足烏是三隻腳的烏鴉，傳說太陽中有三足烏，所以太陽又稱金烏。也有神話說三足烏是駕馭日車的神鳥。有人認為這是古人觀察到太陽黑子附會而成的。

在甘淵洗完澡後，太陽十兄弟都回各自的位置上休息了。今晚，等待值班的小兒子躺在扶桑樹頂端遲遲不能入睡。前天，給哥哥們駕駛雲車的三足鳥慫恿各自的主人，來一個「十個太陽齊出動的大風光活動」，九位哥哥居然都同意了。

想到這裏，他有些害怕……

小兒子從朦朧中醒來，已經是要出發的時間了。他匆匆地登上雲車，開始了新一天的巡行。

小兒子萬萬沒有想到，出發不久，後面就追上來了九個火團。原來，小兒子是唯一不贊同十兄弟一齊出動的。於是，九個哥哥趁他值班這天出動了，這才能實現「十個太陽齊出動的大風光活動」呀。

小兒子想不到的可怕的大事還在後頭呢。

樹林着火了，樹葉、樹枝連同周圍的花草燒成了灰燼。原來生活在森林裏的動物死了許多。沒有燒死的動物到處亂竄，在村子裏發瘋似的尋找食物，雞鴨呀，牛羊呀，甚至家養的狗、貓甚麼的也成了餓狼的食物，獅子、老虎則大膽地傷人。

溪水斷流了，江河沒水了，湖泊見底了，大海也乾涸了。

農田開裂了，莊稼枯萎了。

人們在火海裏掙扎……

地上的災難很快就上報到帝俊那裏，帝俊派神箭手后羿去處理。帝俊也有私心，叮囑箭法超羣、百發百中的后羿千萬別傷害他的太陽兒子，射出的箭只能對準駕駛雲車的三

足烏。

后羿知道情況萬分緊急，只帶了那張繒弓，背上沉重的箭囊，越過無數條大河，蹚過無數個險灘，翻過無數座高山，終於來到東海邊。

他登上斷崖，抬頭望着熱辣辣的火球，他不能猶豫，按照帝俊的囑咐，看準火球中的三足烏，嗖嗖地一箭箭射去，三足烏羽毛紛紛落下，火球一個接一個消失。高溫逐漸退去，最後只剩下一個太陽。

沒被射中的正是小兒子。他的九個哥哥雖然都沒死，但是以後再沒有資格乘雲車。

從此，只有一個太陽每天從東方的海邊升起，由東向西在天上巡行，溫暖着地球世界。

后羿拯救了萬物，被人們稱為「射神」。有一首歌曲是這樣的：

射之神，射之神，千古大英雄。

射之神，射之神，千古大英雄。

張弓如滿月，射出如流星。

箭法高超無倫比，留得天下大美名。

洪水神話

洪水神話是東西方神話中的重要部分，可見遠古先民和洪水長期並存着。隨着社會生產力的發展和人口的增長，人們逐漸從丘陵山地走向低濕的平原。於是，治水成了古代人民與自然鬥爭的主要內容。現代，雖然科學技術已經非常發但是局部地區的洪水災難仍然是存在的。

高氣壓

西風爆發

雨雲

冷海水　太平洋

海水

低氣壓

上升　熱空氣

寒冷的水　　　溫暖的水　　東

西

厄爾尼諾圖

2016 年，由於厄爾尼諾現象[1]，中國有些地區發生災情，有龍捲風災、山區泥石流災、平原區水災，居住在災區的人們親身經歷了許多險情。我舉這個例子就是要大家看到洪水的可怕。在古代，人們抗拒自然災害的能力遠比現代人脆弱得多。而且，那時候許多自然現象人們沒弄懂，就用「神」來解釋。如果有人帶領大家抗洪救災勝利了，治水成功了，古人便把他當作神祇崇拜。難怪世界各地有那麼多各式各樣的洪水神話。

《山海經》中的洪水神話包括鯀竊息壤、共工振滔洪水、禹殺共工，以及相繇（又稱相柳）、禹子啟（又名開）、河伯馮夷等部分。

關於鯀竊息壤，下文中我會講述一個神話故事。為甚麼叫「洪

1　厄爾尼諾現象又稱厄爾尼諾海流，是太平洋赤道帶大範圍內海洋和大氣相互作用後失去平衡而產生的一種氣候現象，引起全球氣候異常。有的地區極度乾旱，有的地區則出現嚴重洪水。厄爾尼諾現象如果維持 6 個月以上，就可以認定是真正發生了厄爾尼諾事件。

水」而不直接稱水災，那是「共工振滔洪水」要講到的。

　　《山海經》中不僅記載了有功於人民的治水之神鯀和禹兩父子，而且也記載了庇佑一條河的河伯。河伯是黃河之神，河伯神話是洪水神話的別支。《山海經·海內北經》說河神名叫冰夷，又叫馮夷，他的臉像人，乘坐在兩條龍之上，他住在深三百仞的「從極之淵」。古時八尺或七尺叫作一仞。

　　《山海經》中的洪水神話對後世的文學創作有很大啟示作用。比如《山海經》中的河伯神話在《風俗通》中演變成「李冰鬥蛟」的故事，這個故事又被《水經注》採用了，放在〈江水篇〉裏。「李冰鬥蛟」故事的大意：戰國時期，秦國蜀郡的太守李冰帶領百姓修建了都江堰，灌溉了萬頃良田。江神趁機勒索，要娶民女為妻。李冰知道，如果不懲辦江神，地方上將沒有安寧。他用自己的女兒頂替，而且親自去江

神祠。為了接待一郡最高長官的「岳父大人」，江神設酒筵招待，喝完兩杯，李冰便厲聲斥責，希望對方回心轉意。沒想到江神不但不悔悟，反而出手傷人。據說在外面圍觀的老百姓看見江岸邊有兩頭牛相鬥。那個面向南方、腰上繫着綬帶的就是李冰太守。最後，江神死了，李冰除掉了地方一害。

這個故事和西門豹治鄴嚴懲女巫的故事是多麼相似。兩個故事都是由河伯神話發展而來的。

下面是根據《山海經》等的記載創作的洪水神話故事。

鯀禹治水

洪水滔天，鯀竊帝之息壤以堙洪水，不待帝命。帝令祝融殺鯀於羽郊。鯀復生禹。帝乃命禹卒布土以定九州。（《山海經·海內經》）

很早很早的時候，古黃河中游一帶發生了一次特大水災，應該就是現在所說的「厄爾尼諾現象」惹的禍。那時人們的科學知識非常少，對此一無所知。人們就說這是惡神共工幹的。

原來，共工曾經與顓頊爭奪帝位。黃帝被尊稱為中華民族的始祖，顓頊是他的孫子。共工鬥不過這位黃帝的孫兒，他不服氣，一時又想不開，就使勁地撞擊不周山。共工是位大力士，這下闖下大禍，引發了大水。因為是共工弄的，所以叫作洪水，洪水即共工振滔的大水。大家可以讀一下，「共工」二字急讀就是「洪」。另一種說法是，「共工」的「共」加「水」旁，就是「洪」字了。

這次水災發生在堯當首領的時候。堯把治水的任務交給鯀。鯀也是盡了力的，只是策略不對，以為把水堵住就行。他偷走了天帝的息壤築起大堤。息壤是一種可以自生自長的土壤，只有天帝才有。治水光靠堵是行不通的，他沒成功，加上偷了天帝的東西，這位抗洪救災的「失敗英雄」被處以極刑。行刑的地點叫羽山。鯀不甘心，三年後屍骨未寒，化作黃熊，生了禹。

禹吸取了父親的教訓，改用疏導的方法，其開山導水功績被記載在《尚書·禹貢》這篇著作裏。他盡心竭力，幾次路過家門口也不回家看看。歷史書說他「三過家門而不入」。神話書說他有一次，為了導水開山，化為黃熊，正遇上他的妻子塗山女來看他。他不好意思，趕快躲開。儘管如此，塗山女還是見到了禹的真面目。她猛地一驚，竟然化作一塊大石，石開生了個大胖小子。因為是石開而生，所以孩子取名叫啟。啟的出生地還真有具體地址，《山海經·中次七經》中記載「泰室之山」，郭璞注說，就是「中嶽嵩高山」。其實，這一帶正是夏部族的領地。

大禹治水肯定還要與引發洪水和趁水災危害人類的惡神鬥爭。振滔洪水的共工那次撞山後並沒死，禹治水時，與共工發生了一場大戰，《山海經·大荒西經》中記載「禹攻共工國山」。禹殺共工，為民除害。共工的臣子相繇要報仇。相繇有九個頭，蛇身，長長的身子繞成環狀，到四面八方找東西吃，他經過的地方，會被他巨大的身軀掃蕩成泥澤，別說人，連百獸都不能生存。禹堙塞了洪水，殺了相繇，血腥臭氣到處瀰漫，五穀不可生長。那地方又多水，人也不能居住。禹帶領大家從遠處運來泥土填平。填了又淹，淹了又填，

如此反覆三次，終於成功。

你們可能還惦記着那位石開而生的啟吧？他的父親禹治水成功，帝舜死後禹成了共主。後來不再禪讓了，禹建立了夏王朝，他死後啟繼承了他的地位。不過，歷史學家稱啟是夏王朝的第一任王，而把禹和堯、舜並列在一起。

啟的神話面目是，兩耳掛着青蛇（算是特殊的耳環），駕乘着兩龍，三層五彩祥雲圍着他，他左手持翳，右手握環，胸前還佩戴閃爍的玉璜。他在幹甚麼呢？這地方叫大樂之野，他正在親自導演「九代」舞。說起這個節目，還是從天帝那兒學來的呢。他曾跋山涉水，趕到西南海之外，赤水之南，流沙之西，地高兩千仞的天穆之野，三次從那裏升上天庭，他的誠意終於感動了天帝，被天帝賜予〈九辯〉、〈九歌〉。

相柳 〔清〕汪紱圖本

「雄虺九首」〔清〕蕭雲從《天問圖》

【相　柳】

《天問圖》中的相柳九首兩兩成雙長在蛇頭部位，非常可怕。汪紱圖本中的相柳，九個頭三三相疊。

相柳 〔明〕蔣應鎬圖本

23

動植物神話

動植物神話包括動物神話和植物神話。人類本身就是從動物類人猿進化而來的，遠古時代，無論是狩獵時代還是農耕時代，人和周圍的動植物的關係都非常密切。

狩獵時代，男人們的主要任務是打獵，他們對身邊的獵犬、獵鷹鍾愛有加；對獵物，如地上的野兔、野鹿，水中的魚鱉，空中的野雁，乃至並不樂意遇到的猛獸，都曾經正面交鋒過。女人們的主要任務是採集食物，接觸較多的是植物。

到了農耕時代，男人們的主要任務是種植，女人們的主要任務是飼養家禽、家畜，或採桑養蠶。那時為了生存，人們對周圍的動植物有了偏愛，有利於人類的則愛，傷害人類的則恨。對於稀有的則更加美化，有時甚至把不同的動植物的「亮點」組合在一起。於是，豐富多彩的動植物神話就呈現在我們面前了。

《山海經》中的動物神話主要有蠶馬、巴蛇、精衛、畢方、鳳凰、視肉、麒麟等。

蠶馬神話出自桑蠶業。中國是古絲綢之國，有關桑蠶的神話也就很多，《山海經》中也有這方面的材料，如《山海經·中次十一經》「宣山」條記，山上有「帝女之桑」，樹高五十尺，它的樹枝向四方伸展，一片桑葉就有一尺多寬，紋理是紅

歐絲國 〔清〕《邊裔典》

的，開黃色花，青色花托。《山海經·海外北經》記載的「歐絲之野」，有一位神女正在桑樹上吐絲。這就和蠶馬神話更加接近了。

上古時代生態環境優越，巨蛇廣為分佈，所以神蛇、蛇神多見於世界各地神話之中。巨蛇神話在《山海經》中多次出現。如《山海經·海內南經》記載的「巴蛇食象」，三年以後巴蛇才把象的骨頭吐出來。後世的巨蛇害民、斬蛇英雄除害的神話故事，應該是受到巴蛇食象神話的啟發。有意思的是，事物是有兩面性的。蛇吃害蟲，蛇可作藥物為人治病，許多無毒蛇在現代甚至也能成為人類的寵物。於是，一些神話故事就演化成《白蛇傳》這樣的戲劇。

精衛神話最早出現於《山海經》，文字在《山海經·北次三經》的「發鳩之山」條中。你們都知道這個神話故事，這裏就不重複了。精衛神話在《述異記》這部神話書里有了一些發揮，增加了「偶海燕而生子」的故事情節。

畢方在《山海經》中是一種神鳥，有的篇章又稱之為災害之鳥。《山海經·海外南經》只記載此鳥神奇：臉像人，一隻腳。《山海經·西次三經》「章莪之山」條就把牠說成：哪裏聽到牠的叫聲，哪裏就會出現火災。

其實，災害大多數是由許多因素積累到極限後才爆發的，也就是説有預警。比方説地震，科技人員通過儀器能夠檢測到地殼岩層物理性質和力學狀態的變化，發佈預警。有些動物也有這方面的能力。1975 年 2 月 4 日，遼寧海城發生 7.3 級地震，在此前一兩個月就出現了一些異常現象：小豬相互亂咬，梅花鹿撞開廄門衝到廄外，公牛瘋跑狂叫，母雞不進窩等等。另外，雞鴨亂飛、蛤蟆上街、金魚跳出魚缸等現象也常被人們當作地震前

巴蛇吞象 〔清〕蕭雲從《離騷圖·天問》

25

的預兆。

由此可見，《山海經》中記載的畢方鳥或許對乾燥空氣很敏感，飛到特別乾燥的地方便狂叫。人們如果注意防範，可以避免火災。看來，有些神話故事是頗有意思的。

鳳凰是現實生活中不存在的鳥，牠的原型主要是孔雀。《山海經》中多次出現的鳳凰（皇）、鸞鳥，都屬於吉祥之鳥，帶有濃厚的神話色彩。如《山海經·南次三經》、《山海經·海內經》記述的鳳凰，頭部、胸部、尾部、左右翅膀的紋彩與人類的道德信條聯繫，看到了它就「天下和（諧）」。

《山海經》中有多處記載視肉，郭璞注說它像牛肝，食之不盡，吃了又再生。其實，視肉就是肉靈芝，是黏菌複合體，屬菌科生物，具有自身修復功能，割下一塊，幾天後就長好，恢復如初。

麒麟是現實中不存在的獸類，屬靈物之一，稱天獸。《山海經·海內西經》中記載，崑崙之虛是天帝的下都。周圍八百里，高萬仞。上面長着一種木禾，每一棵有四丈長，五個人牽着手才能把它圍抱

精衛 ［明］胡文煥圖本

精衛 ［清］汪紱圖本

【精　衛】

　　胡文煥圖本中的精衛為一隻長尾美麗的大鳥，寄託着人們無限的希望。汪紱圖本中，精衛是身小尾短的。

精衛　［明］蔣應鎬圖本

26

住。天帝下都每面有九口井，井邊都是用玉做的欄杆。每面有九個門，每個門都有開明獸值班把守，這開明獸就是麒麟。麒麟和鳳凰一樣，也是後世文學神話創作中常用的題材。

《山海經》中植物神話較少，主要有瑤草、建木和扶桑。瑤草神話見於《山海經·中次七經》「姑媱之山」條：天帝的女兒不幸死了，化成一棵瑤草，開着黃花，人吃了會越發漂亮。真是一種美容草啊！瑤草神話後來演化成巫山神女神話，巫山神女神話後來又分出一支雲華夫人神話，記載的是王母娘娘的女兒叫雲華，又名瑤姬，有一次去東海旅遊，回程沿江經

鳳皇 〔明〕蔣應鎬圖本

27

過巫山，被三峽美景吸引住了，耽擱了行程。湊巧這時大禹治水來到巫山，駐在山下。忽然間大風颳起，崖土轟隆隆掉個不停，大禹只得向雲華求助。在神女的幫助下，大禹疏通了巫峽。巫山神女、十二峰一直是文人們津津樂道的典故。

建木、扶桑神話在《山海經》中也有記載。建木見於《山海經·海內南經》，記載的是它的形狀像牛，樹皮像纓帶，又像黃蛇。《山海經·海內經》記載它青葉紫莖，花和果實都是黃的。特別神奇的是，樹高百仞，沒有樹枝。這樹是黃帝親手種植的，它是供眾神上天下地的神木，又稱天梯。

開明獸 〔清〕汪紱圖本

開明獸 〔清〕《禽蟲典》

【開明獸】

汪紱圖本中的開明獸九個腦袋大小相同，三三等距排列。《禽蟲典》中，開明獸八個腦袋圍着一個大腦袋做不規則排列，蹲坐在山洞中。

開明獸 〔明〕蔣應鎬圖本

28

扶桑又名扶木、榑木，在上文的天象神話中已經
介紹過了。扶桑在東方，後來又引出蓬萊神話或稱蓬
萊仙話，《山海經・海內北經》中記載「蓬萊山在海
中」，那裏是東海，離太陽出來的地方不遠。

蓬萊山 ［明］蔣應鎬圖本

29

蠶馬

很早很早的高辛帝時候，蜀地（今四川省一帶）並不太平，有一位養蠶女孩的父親被鄰邦抓走了，已經一年多沒有音訊。女孩很孝順，思念父親，有時連飯也吃不下。看到女兒這個樣子，母親也心疼呀。除了安慰女兒以外，母親還公開對街坊鄰居說：「誰能把我老伴救回來，我女兒就嫁給他！」

鄰里聽到女孩母親的話，很多人都動了心，但過了許久，也沒一個人敢站出來表態。

這天，女孩父親的馬突然掙脫韁繩，衝破馬廄欄杆，飛奔而去。

三天後，午飯時母親正勸說女兒，父親突然騎着馬出現在門口。

母親驚呆了，女兒破涕為笑。

她們萬萬沒想到，這竟然是那匹馬做的好事。

　　說來也奇怪，自此那匹馬總是嘶鳴，不肯飲食。老漢問老伴：「這馬怎麼了呀？」

　　在他的再三追問下，老伴告訴了他萬萬想不到的原因。

　　老漢口氣很堅決：「女兒可以嫁人，怎能嫁馬啊！」

　　怎麼辦呢？再拖拖吧。

　　老漢的話好像被那匹馬聽懂了似的，牠又一次掙脫韁繩，衝破馬廄欄杆，飛奔而去。老漢發脾氣了，拿起弓箭，射死了救過他的馬。不知道是感恩留作紀念還是甚麼，老漢把牠的皮剝下來放在庭院裏。

　　沒想到，後來當他的乖女兒從馬皮旁邊走過時，這張馬皮突然而起，捲女飛去。十幾天後，這張皮棲於桑樹之上。他們的乖女兒化成了蠶，吃桑葉，吐絲成繭，蠶絲造福人間。

　　蠶女的父母悔恨莫及，時時思念。

　　有一天，老兩口忽然夢見女兒啦。只見蠶女乘着流雲，駕着那匹馬，身邊有數十個小神侍衛跟隨着，他們是從天上來的。

　　女兒的聲音還是老樣子，對父母說：「天帝念及我孝順，心不忘義，已經賜封我為九宮仙姑。爹，娘，別再惦念了。」

句芒 ［明］蔣應鎬圖本

神祇神話

神祇神話指由神靈演化的神話傳說。神指天上的神，祇指地下的神，應該也包括水神、海神。另一種是地下世界的神，一般叫作鬼，不在神祇之內。

為了祈求平安，世界各地都有各式各樣的神祇。人們將天上那個神王稱作玉皇大帝，將他的老伴叫作王母娘娘。以下還有大小官神。地下的神名目眾多，有五嶽山神、河神、江神。大約一個縣級地方，有城隍廟，管一縣之地；最基層的算土地廟，供奉的土地公公、土地婆婆負責一方平安。

一個神祇只是一個神靈，還未構成神話，有了故事情節就成了神話。神祇神話是神靈的故事。

《山海經》中的神祇神話內容頗多，主要有四方神句芒、祝融、蓐收、禺強（玄冥），崑崙神陸吾，青女武羅，洞庭女神二妃等。

句芒是東方之神，《山海經・海外東經》記載他臉是人臉，身軀像鳥，踩在兩條龍上。祝融是南方之神，《山海經・海外南經》記載他臉是人臉，身軀像獸，踩在兩條龍上。蓐收是西方之神，《山海經・海外西經》記載他臉是人臉，左耳掛着蛇，踩在兩條龍上。北方之神叫禺強，《山海經・海外北經》記載他臉是人臉，身軀像鳥，兩耳都掛着蛇，雙腳各踏一條青蛇。

崑崙神陸吾見於《山海經・西次三經》「崑崙之丘」條，這兒是天帝在地上的都城，陸吾是主管。它的身軀像虎，九條尾巴，臉龐像人，手是虎爪。它掌管天帝的下都和園林。

陸吾 〔清〕汪紱圖本

陸吾（神陸）〔明〕胡文煥圖本

【陸 吾】

汪紱圖本中的陸吾人面明顯，九條尾巴散開並高高揚起，比較符合經文所記。胡文煥圖本中的陸吾處理頗有意思，為九首人面虎身獸，把開明獸的形象也糅合進來了。

陸吾 〔明〕蔣應鎬圖本

青女武羅見於《山海經·中次三經》，後文中的一個神話故事中她是主角。

洞庭女神二妃見於《山海經·中次十二經》，「洞庭之山」記載她們本是堯帝的女兒，經常暢遊江淵。那兒是澧水、沅水、瀟湘之水，應該還有資水，匯合的深水區。她們經過時一定會激起狂風暴雨。

《山海經》中的神祇神話素材很多被後世文學創作採用，並做了發揮。如洞庭女神，她們祭奠丈夫時痛哭流涕，淚水滴在竹子上留下斑點。這種竹被冠以「斑竹」之名，另外又稱為「淚竹」。

帝二女　〔明〕蔣應鎬圖本

34

青女武羅神

《山海經・中次三經》「青要之山」條：「實惟帝之密都」，「䰠武羅司之。其狀人面而豹文，小要而白齒，而穿耳以鐻，其鳴如鳴玉。是山也，宜女子。」

上古時候，我們老祖宗生活的地方，氣候總體來說比現在熱些，但是最讓人不舒服的是不像現在春夏秋冬四季分明。那時過完大年不久就是炎夏，而且這種悶熱天時間特別長。據說是那個脾氣暴躁的熱神故意待在人間不走。好不容易熱神走了，來的寒神也賴着不走，雖說脾氣並不暴烈，但總是給人一副冷冰冰的臉色。

最讓人們受不了的是，長時間的高溫炎熱，使得百病滋生，瘟疫流行。農田的蝗蟲等害蟲有更多時間待在地上，毒蛇、毒蠍也有更多時間到處傷人⋯⋯

地上的神向天上的神報告。

天帝知道了，但是他一時間想不出辦法。為甚麼呢？因為這不能簡單地靠一批天兵天將去解決啊。

天帝一連幾天悶悶不樂。

王母娘娘問老伴原因，天帝告訴了她。

沉默了一下，她突然雙手一拍，說：「青女武羅姑娘？對，就是她，她溫柔，是最好的人選！」

月宮裏有一位大力士叫吳剛，大家記得嗎？八月十五中秋節這

天夜晚，爸爸媽媽會帶你們到院子裏賞月。這天月亮特別明朗，如果是晴天，你一定能看清一輪明月，裏面還有一小塊陰影，傳說那就是月亮裏五百丈高的月桂樹。據說吳剛受天帝懲罰，每日每夜都在砍伐這棵樹。月桂樹是神樹呀，砍掉一塊，斧頭抽出來馬上又長上一塊。

青女武羅姑娘是他妹妹，性格和哥哥正相反。

就這樣，青女接受了天帝的派遣，下凡來到人間。這天是九月十四。她選中青要山，帶着王母娘娘交給她的七弦琴，來到主峰上，一曲清音從她的手指間流洩而出，像雪花似的霜粉隨聲飄落……

大地霜封了，蝗螟凍死了，毒蛇、毒蠍也凍死不少，僥倖沒死的藏進地穴了。

人間瘟疫消失了。

從此，每年三月十三、九月十四，青女武羅兩次降霜。人們把秋後的那次定為霜降節。一年內有二十四個節氣。經過霜降、小雪、大雪，再過小暑、大暑。於是春夏秋冬四季分明。人們得以免災祛病，豐衣足食。

武羅被天帝封為霜神，而且把青要山這一帶劃定為天帝的密都，指派青女掌管。

以後，青要山成了朝聖旅遊的地方。特別是三月十三、九月十四兩天，仕女們擁向武羅神撫琴的青要山山頂，還有「冰清閣」、「玉潔泉」。

青女武羅神話也成了文人墨客常用的題材。出現了「對聯」這種有趣的體裁後，有兩個遊青要山的秀才，忽然來了創作靈感，約定用當時當地典故，完成一副對聯。上聯比較容易，沒有現存的框

框約束，年紀稍大的搶先了。他脫口而出：

「某日大寒，霜降茅簷如小雪，眼前清清白白世界。」

他倆小時候都是好學的孩子，年紀稍小的秀才想了一會兒，唸道：

「某朝夏至，穀雨灑罷又清明，身旁熙熙攘攘人羣。」

上下聯的大寒、霜降、小雪、夏至、穀雨、清明都是二十四節氣之一，但在文句中並不實指，敍述的事符合邏輯，特別是「霜降」二字，既有武羅神撫琴霜降造福人類的含義，又聯繫了眼下仕女們趕霜降節朝聖時神人共樂，而且對仗也工整，最後一句表達的情和景，也緊扣了兩秀才所處

的青要山環境。

氏族神話

氏族神話指《山海經》中有關古代氏族的一些神話材料，氏族又可稱部族，相當於現代稱呼的「兄弟民族」、「少數民族」。《山海經》中記載的氏族主要有三苗、肅慎、犬戎、鑿齒、氐、巴、匈奴、東胡、大越等，記述時大多做了神話化修飾。這些部族也有自己的神話，直到現在，這些民族的後代還保存着獨特的神話。

苗民國 〔清〕《边裔典》

《山海經》中記載了苗民，如《山海經·大荒北經》記載他們長着翅膀。肅慎，如《山海經·海外西經》記載「肅慎之國在白民北」。犬戎，《山海經·海內北經》記載他們頭上長三支角。鑿齒有用假牙代替真牙做美容的民俗，《山海經·海外南經》記載他們同后羿發生過戰爭。氐人，《山海經·海內南經》記載他們居住在建木西邊，建木是太陽落下去的地方。巴人，《山海經·海內經》記載他們的祖先叫后照。據說現在當地還流傳着后照和鹽神的神話故事。

上述《山海經》中所記載的各氏族神話資料在後世也得到發揮。蚩尤是上古時代三苗首領之一，他有許多方面的特質，留下許多神話，有的可歸入氏族神話，有的可歸入英雄神話。後文介紹的蚩尤與黃帝之戰的神話就反映了他的多種特質。

氐人 〔清〕汪紱圖本

《山海經》中的趣聞神話特別豐富，記載有名稱的異域方國（民）達數十種之多。各異域方國（民）都有奇特的「亮點」，後世著名的文學巨著如《西遊記》、《鏡花緣》等都採用了其中的一些題材。

《山海經·大荒南經》記載蜮山有蜮民國，那裏的人姓桑，種植黍米。當地有一種叫蜮的短尾狐，牠偷吃禾苗，又含沙射人，被射中的人不死也要大病一場，甚至被射中影子的也要生病。因為他們敢於射殺害人獸蜮，所以叫蜮民。

無臂國的人長壽。《山海經·海外北經》記載那兒的人住在洞穴裏，死後埋葬心也不朽，等一百二十年又會重生。

女子國是後世文學作品的重要題材。大家肯定看過《西遊記》，有一集就是講女兒國的。《山海經·海外西經》中記載女子國在巫咸國的北邊，「兩女子居，水周之」。

東西方神話中都有小人國。《山海經》中有四個地方記載過小人國。《山海經·海外南經》記載周饒國人短小，冠帶整齊，《山海經·大荒南經》中也有記載小人國，說他們姓幾，吃的是嘉穀。小人國神話後世有發揮，被許多文學作品用作題材。如《神異經·西荒經》記載西海之外的鵠國，男女都只有七吋高，他們都彬彬有禮，都能活到三百歲。別看他們個頭小，走動時卻能飛，一日行千里，百物不敢侵犯他們，只有海鵠是他們的對頭。海鵠見他們就吞食，吃下去也能活三百歲。不過，被吞食的小人在海鵠腹中也不會死，海鵠因而也能一次連續飛行千里。

蜮民國　［清］四川成或因圖本

周饒國　［明］蔣應鎬圖本

英雄神話

《山海經》中的英雄神話也特別多，這些神話的分類可以有幾種選擇。如果該神話是以歷史化標準進行分類的話，可以分為兩種，一種是已經歷史化了的神話，或者以神話化了的歷史人物作為神格的神話，另一種是尚未歷史化的神話。如果按照人們的好惡進行分類，還可以分為善神神話和惡神神話。不過，這種好惡並不是一成不變的。我們選擇另一種分類方法，將《山海經》中的英雄神話分成造物、帝王、哲賢、猛志、凶逆五個亞類。

女媧　〔明〕蔣應鎬圖本

您們讀過的「盤古開天闢地」屬於造物神話，《山海經》中的女媧神話可劃歸這一類。《山海經·大荒西經》中解說的栗廣之野圖畫，寓意女媧造人。女媧神話又分為兩支，一是補天，二是與伏羲結合繁衍人類，在《山海經》以後的典籍中都可以看到。

《山海經》中的帝王神話很多，包括炎黃、帝俊、堯舜和他們世系中的代表。

《山海經》中凡僅稱「帝」的就是指黃帝。不過，黃帝神話主要還是集中在《山海經·西次三經》的「峚山」、「鍾山」、「槐江之山」、「崑崙之丘」等條目中。

帝俊神話集中在〈大荒經〉中。《山海經》中的帝俊神話的神格大多不在帝俊自身，而在他的妻（羲和、常羲）、子孫、臣工，這是《山海經》中帝俊神話的一大特色。

西王母神話膾炙人口，是文學神話中的常見題材。西王母神話最早見於《山海經》。《山海經·西次三經》中「玉山」條稱此山是西王

母的居地。西王母的樣子很可怕：豹尾虎齒，喜歡高聲嚎叫。蓬着頭髮，佩戴着舉行儀式時震懾厲鬼、五殘（五瘟神）的面具。三青鳥專門負責她的飲食。西王母的職責就是掌管刑法治安，專管厲鬼、五殘（五瘟神）。

西王母故事又見於《穆天子傳》，這部書已經帶有小說成分了。西王母原是西方貘族的圖騰。到了漢代，西王母形象又與方士方術結合，轉化成長生不死的女仙。後來西王母神話故事又逐漸演化，一是由周穆王會西王母變成漢武帝會西王母，二是西王

西王母　〔明〕蔣應鎬圖本

母配東王公。《神異經·中荒經》中「崑崙之山」條記載，山上有一隻大鳥，名叫希有。牠向南站立，左翅膀蓋住東王公，右翅膀蓋住西王母。牠的背上有一小塊地方沒有羽毛，西王母每年與東王公就在這兒相會。

《山海經》中的哲賢神話主要是以上古傳說有發明創造的人物為神格的神話，此外，還有羣巫神話。前者有發明播種的后稷（〈西次三經〉、〈海內西經〉、〈大荒西經〉、〈海內經〉），發明牛耕的叔均（〈大荒西經〉、〈海內經〉），發明造車的奚仲、吉光（〈海內經〉），發明樂曲的太子長琴（〈大荒西經〉），發明舟船的番禺（〈海內經〉），發明弓箭的般（〈海內經〉），發明鐘的鼓、延（〈海內經〉），發明琴瑟的晏龍（〈海內經〉），發明歌舞的帝俊子八人（〈海內經〉），發明民間百巧技藝的巧倕（〈海內經〉）等等。

太子長琴　〔清〕汪紱圖本

羣巫神話在《山海經》中主要以藥神神話出現，如《山海經·海內西經》記載開明這個地方的東邊，巫彭、巫抵、巫陽、巫履、巫凡、巫相，正在圍着窫窳的屍體，拿着不死之藥讓他起死回生。《山海經·

41

夸父 〔明〕蔣應鎬圖本

大荒西經》記載，靈山是十位巫師上天下地升降之處，這兒有上百種神藥。

《山海經》中的猛志神話主要有夸父神話，刑天神話、精衛神話也可歸於這一類。夸父追日神話見於《山海經·海外北經》、《山海經·大荒北經》。這個神話你們已經知道了。刑天神話見於《山海經·海外西經》，記載刑天與帝爭奪神位，刑天失敗了，頭顱都沒了，還在頑強戰鬥。他用兩乳當雙眼，兩隻手揮舞着干戈，用肚臍孔當嘴巴，使勁地吶喊，以致周圍一帶地動山搖。

凶逆神話指以反面惡神為神格的神話。《山海經》中記載的窮奇、窫窳是這一類神話的代表。窮奇見於〈西次四經〉，「邽山」條記載窮奇是這座山的「山大王」，就是說牠是這座山的統治者。牠形狀像牛，身上的毛像一根根刺，密密麻麻的。叫聲像獋狗，發出這種叫聲就是要吃人了。〈海內北經〉則記載窮奇形狀像虎，有翅膀，吃人時從頭開始吃。

窫窳見於〈北山經〉、〈海內南經〉、〈海內西經〉、〈海內經〉。〈北山經〉首經「少咸之山」條記載它的形狀像牛，渾身紅色，臉像人，腳像馬足，叫聲像嬰兒，發出這種叫聲就是要吃人了。〈海內南經〉則記載它的頭像龍。

　　上古時代獅子、老虎等兇殘野獸傷害人類留下的記憶何等恐怖，神化牠們的軀體，擴大牠們的能量，再貼上世間反面惡人的標籤，這種吃人獸神話之創作便告完成了。

窮奇〔明〕蔣應鎬圖本

43

蚩尤、黃帝之戰

《山海經‧大荒北經》：「蚩尤作兵伐黃帝，黃帝乃令應龍攻之冀州之野。應龍畜水，蚩尤請風伯雨師，縱大風雨。黃帝乃下天女曰魃，雨止，遂殺蚩尤。」

幾千年前，黃帝與蚩尤在一個叫涿鹿的地方進行決戰。黃帝對大家來說很熟悉，那麼，我們先介紹蚩尤吧。

蚩尤是一個強悍的氏族首領，有的學者說他是九黎族的首領，也有的學者說他是東夷族的首領。現代苗族尊奉他為祖先。

傳說他有九九八十一位兄弟，個個長相不凡：銅頭，額角那一塊是鐵。那時候，他們的對手，如黃帝的控制區也只算進入「銅器時代」，甚至還有處於「石器時代」的部落。蚩尤兄弟們的身軀雖說跟普通人差不多，但是，他們的腳像牛蹄，長着八個腳指頭。有四隻眼睛，打仗時能「眼觀四路」。他們頭上長角，耳邊的鬢毛像刺，在打仗中吶喊時每一根鬢毛都能變成一支箭射向敵人。這還不算最厲害的呢，他們還長有翅膀，能飛空走險。打仗時如果一時間沒有後勤部隊送飯菜來，他們能吞沙子、吃石頭，以此充飢。

大家試想想，這樣的戰鬥員誰能及得上呀？蚩尤還有一個強項，上面說了他的部落已進入「鐵器時代」，戈、矛、戟都是金屬做的武器。現在的銅價比鐵貴，可鐵比銅銳利得多呢。那個時代，對方戰士手持銅戈銅矛，拼上蚩尤隊伍的鐵戈鐵矛，兩下子就會在當啷一聲中斷成兩截。

就因為蚩尤佔盡了優勢，他們的擴張才取得連連勝利。他們向

中原進攻時，與黃帝發生了衝突。

戰爭一開始就非常激烈。因為連打勝仗，蚩尤對這一仗是信心滿滿的，於是產生了輕敵情緒。黃帝對這一仗則是認真對付，不敢有絲毫鬆懈。他先與炎帝聯合，穩住局勢。

戰鬥一開始，黃帝指揮一支以虎、豹、熊、羆做先鋒的部隊進攻，蚩尤等八十一個兄弟拿着先進武器應戰。一時間，戰鬥處於膠着狀態。

黃帝隨後派應龍截斷江河，準備用水攻。蚩尤也不是等閒之輩，請來了風伯、雨師，颳起大風，下起大雨，阻止黃帝進軍。

黃帝並不氣餒，他知道遇上了強勁對手。只能以牙還牙，遂向天神求教。天帝派女魃前來助戰。女魃又名旱魃，是止雨神，她一上陣就天空雲散，滴雨不下。

蚩尤見一招無效，又來一招。他作法下起了大霧，霎時間，天昏地暗。黃帝的部隊迷失了方向，分不清敵我，甚至自相攻打……

蚩尤趁機撤退。

黃帝於是製造了指南車，憑着指南車的指示，黃帝率軍直搗蚩尤大本營。

以後的故事呢，一種說法是，黃帝派應龍在「凶黎之谷」殺了蚩尤。《山海經‧大荒南經》記載蚩尤死前戴的刑具「桎梏」變成了楓木。桎是鎖腳的，梏是鎖手的。蚩尤是神，楓木也是神木。

另一種說法是，蚩尤並沒有死，黃帝降伏蚩尤後，派他當了管理治安的統帥，天下倒是很安定的。可蚩尤死後，各地又動亂起來。黃帝想，莫非蚩尤兄弟那副可怕模樣就能夠震懾惡人？於是就派人繪畫蚩尤的畫像到處張貼，果然，天下又安定下來。直到以後很久，蚩尤畫像還在一些地方被張貼着。

女魃 〔清〕汪紱圖本

45

石器時代：最早的老祖宗跨入人類大門

歷史書上主要講人類文明的發展進程，《山海經》中有許多歷史知識，它像一座檔案館，保存了人類文明的檔案材料。

現在我們已經進入現代文明社會，比方說您身上穿的那套心愛的衣服，媽媽親手做的美味菜餚，或者說在自家廳堂裏看探測火星的電視節目，節假日爸媽帶您出遊看到的城市高樓、大橋、高鐵⋯⋯

但是，您想過我們老祖宗的衣食住行是怎樣的嗎？《山海經》裏有珍貴的上古歷史資料，我們從中可以找到一些答案。

如果您是一個愛尋根問底的孩子，可能會問：「誰是我們最早的老祖宗？他們是怎麼生活的？」回答這個問題，我們可以引進一個考古學名稱「石器時代」，它是早期人類歷史分期的第一個時代，從人類出現到銅器的出現，時間在距今二、三百萬年到距今六千至四千年左右。

石器時代又分舊石器時代、中石器時代、新石器時代。

舊石器時代，人們只會製造簡單的工具，用於打獵和採集。以在北京市周口店發現的北京人為例，他們使用石器和木棍獵取野獸，懂得採集野果充飢，主要居住在山洞裏。考古隊員在洞穴中發現了木炭、灰燼、燒石、燒骨等痕跡，可見他們當時已掌握了使用火的技術，還會砍樹木做燃料。總體來說，在舊石器時代早期，人類已經學會了用火，中期

出現了骨器，晚期已經能製造簡單的組合工具，而且開始形成了母系氏族。

中石器時代，人們能夠製造石片、石器和細石器工具，石器已小型化，人們已會使用天然火烤熟獵物。

新石器時代，人們已經能夠製作陶器，會紡織，有了農業和畜牧業，開始了定居生活。

《山海經》中雖說不可能有「石器時代」這個現代名詞，但它記載的石和珍禽異獸反映了石器時代的狩獵生產。《山海經》中記載了許多石的名稱和產地，從某種意義上說，反映了先民對石器的材料記憶深刻。

《山海經》中記載了大量的珍禽異獸形狀的神祇，它是先民對狩獵對象敬畏的產物。在自然環境艱苦的上古時代，人類征服自然的力量十分低下，先民們從事的賴以生存的狩獵生產活動有時成功，有時失敗，他們對有些動物會產生畏懼，尤其對牠們的特殊部位更有慘痛的記憶，如猛獸虎、豹銳利的牙齒和強壯的四肢，猛禽鵰、鷹巨大的兩翼和有力的喙、爪，大蛇的身軀，巨鱷的尾部。先民們在與這些動物鬥爭時，一方面感到自身的無能為力，從懼怕產生敬畏，進而發展成原始的崇拜；另一方面，他們也幻想出一些特殊動物，牠們具備許多兇猛動物的突出特點，這就是《山海經》中有那麼多珍禽異獸的緣故。

《山海經》中的珍禽異獸是上古先民的實際思想狀況反映的產物，這一點已被考古發現證實了，一些反映上古時代先民生活狀況的岩畫，比方說陰山岩畫，就和

女醜 〔清〕汪紱圖本

《山海經》中記載的十分接近。

人類社會早期普遍存在一個以女性為中心的母系社會形態，舊石器時代晚期，中國各地先後進入母權社會。考古資料證明，黃河中下游和長江中下游地區直到新石器時代中期還停留在這一階段。《山海經》中記載的女媧、西王母和其他有關女權的資料是這一社會形態的反映。另外，〈山海經〉中還記載了許多女性英雄，如女娃（〈北次三經〉）、女虔（〈大荒西經〉）、羲和、常義，還記有著名女巫、女祭、女戚（〈海外西經〉、〈大荒西經〉）、女醜之屍（〈海外西經〉、〈大荒西經〉）等。

「三皇五帝」是中國古書中記載的上古帝王，他們都是推動上古文明進步的代表。中國的古書太多了，人們用「汗牛充棟」這個成語來形容。古書多，每位作者的評價各有差異，提出的「三皇五帝」名單就超過八個。一般認為，「三皇五帝」中的「三皇」時代要早，「五帝」較遲。《尚書大傳》中說「三皇」為燧人、伏羲、神農，《風俗通義》中的「三皇」有三種說法，一說為伏羲、女媧、神農，一說為伏羲、祝融、神農，一說為伏羲、神農、共工，他們在《山海經》中都有記載。

燧人是傳說中發明鑽木取火的英雄，他的部族和弇茲部族聯盟，合稱燧人弇茲氏。《山海經・大荒西經》中記載的弇茲是以神祇的面目出現的。人類使用火是一次偉大的進步，有趣的是，上古時代東西方記錄這件大事的手法不同，西方用普羅米修斯盜火神話，中國用歷史傳說。本節末尾有一段燧人氏鑽木取火的傳說故事，各位讀者，您們在閱讀後可以想一想「神話故事」和「歷史傳說故事」有哪些相同和不同。

伏羲又名太皋，《山海經》中記載伏羲、太皋的地方很多。傳說他是雷神的兒子。《山海經·海內東經》記載「雷澤中有雷神」。後來又有古書記載伏羲的媽媽華胥氏因為踩了雷神的足跡才生了他。當然這些都不是事實。古時候人們為了美化某一位英雄，往往要把他的出身說成與眾不同的，是神的兒子不就高貴了嗎？其實，伏羲也是普通人，小時候也是普通孩子，因為他勤奮努力，後來才作出了重大貢獻。

弇茲　〔明〕蔣應鎬圖本

伏羲所處的年代比燧人氏略微晚一些，有一些學者考證了他的出生地，但是還存在着爭議。不過，現在已經有了定期祭祀伏羲的地點——甘肅省天水市伏羲廣場，活動時間為每年農曆五月二十一。

伏羲智商很高，他在自然界中觀察一切，認識了天地間陰陽變化之理，用一種數學符號創製八卦，就是八種簡單卻寓意深刻的符號，概括了天地之間的萬事萬物。八卦也成了中國古文字的發端，結束了「結繩記事」的歷史。

「八卦」是八個符號，一個符號稱作一個卦。「八卦」的八個卦各不相同，但是都是由三條短線（實線或虛線）組成的。每條短線（實線或虛線）叫「爻」，實線稱「陽爻」，虛線稱「陰爻」。這種陰陽二爻對應的二進制數學模式，不僅能夠解釋數學中的排列、組合和二項式定理，還成了當今電腦技術發展的基石。

伏羲的主要貢獻還有，他觀察蜘蛛結網得到啟發，製成網罟用於捕魚打獵。

雷神　〔清〕四川成或因圖本

49

女媧補天是東方中國的創世神話，在《山海經·大荒西經》中是作為生育神出現的。古書把女媧列入「三皇」，應該是基於她的這兩大貢獻吧。不過我們還可以大膽推測，生育神也折射出當時母系社會的存在。

母系社會按母系計算世系血統和繼承財產。當時，人們的生產活動主要是採集和狩獵，以後才出現原始農業。女人擔負採集工作，收穫相對穩定。男人擔負狩獵工作，收穫不穩定，甚至有時空手而歸。加上女人又擔負生育兒女的責任，那時人類平均壽命短，幼兒存活率低。為了部族人丁興旺，女性的作用受到重視。同時，母系社會婚姻關係形成了以一個老祖母或老外祖母為核心的氏族制度，所以，女性地位高也能被部族全體成員接受。不過還應該補充一句，很多學者認為，母系社會男人地位也不低，他們還擔負着保衛部落的任務，那個時代是早期人類社會男女（或者說女男）平等時代。

《山海經·大荒東經》中記載的司幽之國[1]反映了母系社會的婚姻關係。司幽部落人崇拜鳥，「食黍、食獸」，已經進入了原始農業階段，但還沒脫離狩獵生活。

1　有司幽之國，帝俊生晏龍，晏龍生司幽，司幽生思士，不妻；思女，不夫。食黍、食獸，是使四鳥。

燧人氏鑽木取火

「快來救火神啦！快來救火神啦！」在一個山腰洞穴里，一陣陣呼喊從洞穴深處傳來，急促的叫聲説明出了不平常的事故。

機警的中年族長第一個驚醒，洞內已經漆黑一片。他摸索着前進，向發出喊聲的地方走去，部族火種就保存在那裏。

沒等族長開口，守護火種的老人喘着氣説：「族長……族長……火神沒啦。看，這水……」

族長馬上明白發生了甚麼事，因為周圍漆黑一片。老人説的「看」只是急切中溜出來的一個詞，眼睛是看不到的，族長用手試探性地摸着：蓋在火種上的厚厚的灰已經濕透，雖然他的雙手還感到有點餘溫。帶着一種強烈的渴望，他使勁用手翻動，多麼希望還能看到倖存的火苗啊，哪怕只是一個暗紅色小點點！

翻動了很久，他失望了。

族長長長地嘆了一口氣。接着，他的手又沿着水的痕跡試探性地往前移動，尋找水是從哪兒來的。他不解地自言自語：「水是怎麼來的呢？」

「是呀，水是從哪兒來的呢？」旁邊的守護火種的老人也喃喃地説。以那時人們的認識水平，不可能懂得山岩地質構造，細小的縫隙在一定的條件下能夠形成潛流呀。

洞穴裏許多人已經驚醒，出現了小小的騷動。族長走到洞口，洞外正大雨傾盆。

　　原來，他們說的「火神」就是火種，在他們看來這是天神恩賜的寶貝。這兒是後來被稱為燧人氏部落的領地，但是當時還稱不上部落，時間是舊石器時代中後期快要進入母系社會的時段，大約距今 10 萬年前至 5 萬年前。

　　火對人類來說，實在是太重要了。在遠古蠻荒時期，人們不知道有火，更談不上用火。每個夜晚，四周一片漆黑，野獸的吼叫聲此起彼伏，讓人又冷又怕。大夥兒只得蜷縮在一起，相互取暖，相互壯膽。由於沒有火，他們只能吃生的食物，有時餓急了，遇見死去的動物也會用來填飽肚子。人們經常生病，壽命也很短。

　　其實，火在自然界早就有了，火山爆發噴出的岩漿有時會引發森林大火。當然，地震、火山爆發並不普遍，但是打雷閃電卻經常發生。雷擊樹木也會起火。原始人開始見到火，不僅不會利用，反

而心驚膽戰，像動物那樣四散逃竄，膽子稍微大一點的可能躲在某個角落裏看看究竟發生甚麼事。後來，偶爾膽大的撿到被火燒死的野獸，拿來一嚐，味道挺香的。樹林大火留下餘燼，起初，膽大的原始人試圖接近它，看到這些餘火並不主動傷害自己，就一步一步走近，覺得渾身暖暖的，就會把同伴招呼過來，圍着火堆度過難熬的長夜。

經過多少次的試驗，人們漸漸學會用火燒東西吃；發覺野獸怕火，就把一堆火放在洞口做防衛；同時，千方百計想法子把火種保存下來，使它常年不滅。然而，保存火種並不容易呀，往往一個意外就會失敗⋯⋯

這位中年族長，從十多年前跟隨老族長外出尋找雷電火帶回火種的回憶中清醒過來。這時，洞口外的雨已經停了，太陽從遠處的樹林中冉冉升起，快樂的小鳥叫個不停。一切又恢復到原來的樣子，彷彿洞穴內的事沒有發生似的。

雖然族長已經胸有成竹，走進洞穴後開始安撫族人的情緒，但他的心情可並不輕鬆。好在這不是第一次發生這種事了。他抱起身邊的一個小孩，孩子抓住他耳邊頭髮晃動時，原先滿心沮喪的族人歡呼起來：「加油，加油！」

族長在洞外向送行的族人招手，大聲說了一句「我會很快找回新火種的」，然後就轉過身去，走向遠處的山巒。

族長信心滿滿，因為他有過成功的經歷。但這一次落空了，七

天八夜都沒聽到雷聲，更別說能找到雷火了。

族長沒有氣餒，他已記不清翻過幾座高山，涉過幾道溪流。

一片森林引起了他的注意，這裏樹高林密。憑經驗，這兒是可能有樹火的地方。忽然間，他發現一處火堆痕跡，現在雖說沒有火，卻還有燃燒過的樹枝樹葉痕跡。

族長有些失望，坐在一棵大樹下休息。

突然，眼前亮光一閃，他急忙站起來，四處尋找光源。憑他多年練就的眼力，很快找到閃光點竟在幾隻大鳥的嘴尖上。他屏住呼吸，兩眼盯上一隻，目光對準牠啄樹的地方。他發現大鳥每啄一下，那裏就閃出小小火花。族長靈機一動，馬上輕手輕腳地把剛才看到的火堆痕跡旁邊的乾樹枝和樹葉拿過來，小心地鋪在樹下，不一會兒，奇跡居然發生了，火星落在乾樹枝和樹葉上着火了。

族長興奮起來，眼前的啟發很快變成靈感。他想，既然鳥的硬嘴啄樹會冒出火星，那應該也可以用一塊硬木頭鑽另一塊木頭取火。於是，他立刻找來一些樹枝，用小樹枝去鑽大樹枝，沒過多久，樹枝上果然閃出火光，可是卻點不起火來。他不灰心，又找來各種樹枝，耐心地用不同的樹枝進行摩擦。經過多次試驗，多次失敗，多次調整，終於樹枝上冒煙了，他趕緊用嘴吹氣，同時抓來乾樹枝和樹葉，火便生起了！

他高興得像小孩子似的跳躍。恢復平靜後，立即回程。

回到十天前離別的地方，發現洞口前已經有族人在等候。

「回來囉，回來囉！」兩位年長的族人在前面，迎上來，一左一右拉住族長的兩隻手。

「大家久等了，辛苦了！」族長高聲說。

兩位長者中的一個正是火種守護人，他突然覺得情況不對，鬆開手，遲疑地打量着族長渾身上下，小聲問：「族長，火種……」

　　族長哈哈大笑：「火種？就在這兒。」他指向自己的心窩。

　　先是一陣沉寂，接着人們開始交頭接耳。

　　族長知道大夥兒的心情，走向前向大家介紹，他帶回的不是火種，而是不用火種的取火方法。接着，他帶領幾個成年人當場實踐，女人和小孩則在一旁圍觀。

　　結果很快出來了。大家都笑了，有的還笑出了眼淚。

　　「這是真正的火神呀！」說話的正是那個原先守護火種的老者，對着大家，指向族長。

　　「火神！火神！真正的火神！」大家歡呼着，幾個壯漢把族長高高舉起。

　　看來，「火神」是這位發明人工取火方法的人的第一個榮譽稱號。到了人類有文字記錄的時代，他被稱為燧人氏，名列「三皇」之首，被尊奉為「燧皇」。

傳說時代：物質文明和精神文明的曙光

讀者可能會問：前面説歷史書上主要講人類文明的發展進程，又説現代文明就在我們身邊，這兒又説傳説時代出現了物質文明和精神文明的曙光。那麼，文明到底是甚麼呀？

對，您的提問很恰當。「文明」這個詞比較抽象，特別是它和「文化」這個詞有相同的地方，也有不相同的地方，容易混淆。簡單地説吧，就對某一個人的評價來講，「文化」可以指他的知識，「文明」則可以指他知識以外的素質。

上文中的「文明」不僅僅指人的素質，還可以勉強解釋為整個人類社會的素質，它還包括物質財富。

文明包括物質文明和精神文明，是人類社會發展到一定階段的產物。具體點説，最基本的條件是人類只有解決吃飽穿暖的問題後才可以邁入文明之門，這就是我們在上一節石器時代不提文明的緣故。

再具體點説，人們的勞動收穫增加了，有多餘的物質財富，有的人財富多些，有的人財富少些。人口增多，領地擴大，一個小家庭靠父母當家，那麼大的「大家庭」也要有首領，還要建立管理機構，首領和管理人員由能幹的人和財富多的人擔任。

發明文字，出現單偶制家庭，人們羣居有了聚落居民點（早期的城市），有了社會分工，一部分人專門幹體力勞動的工作，一部分人專門幹腦力活。

大家再不愁吃飽穿暖的問題了，有多餘精力、多餘時間，因此文學、藝術得以起步。人們設法讓孩子更聰明能幹，於是教育發展了。人們為了生活得更好，不斷改善衣食住行條件，科學技術也逐漸進步。

　　人們不僅提高了周圍環境的素質，也在提高自身的素質：追求個人道德完善，包括維護公眾利益、公共秩序、風俗習慣，樹立家國民族意識，規範禮儀，端正宗教信仰取向等等。

　　以上只是「文明」一詞淺顯易懂的解釋，下面將談到傳說時代。

　　任何一個歷史悠久的國家或者民族，在有文字記載的歷史前，都有一段傳說時代。中國上古歷史中就有一部分基本上形成了統一說法的傳說，我們把炎帝、黃帝、帝俊以及堯、舜、禹時代稱為傳說時代。《山海經》中有豐富的傳說時代歷史信息。

　　我們應該正確對待傳說。在有文字記載以前，人們口耳相傳，或把某些歷史人物事件神話化，但它卻反映了歷史發展的大趨勢，使這些保存於早期歷史著作之中的傳說有可能成為人類歷史的佐證。這些早期的歷史著作，在當時，離這些傳說的歷史時代要近得多，因此有可能比較真實地反映一些史實。另外，一些作為歷史的傳說，經過長期流傳，已經逐漸被人們接受。所以，在還沒有新的出土資料考證的情況下，可以把這些已經形成統一認識的歷史傳說當作歷史的一部分。

　　傳說時代又可以分成前後兩部分：炎帝、黃帝、帝俊傳說時代和堯舜禹禪讓傳說時代。

炎帝、黃帝、帝俊傳說時代

　　上一節介紹了「三皇五帝」的「三皇」，現在則介紹「五帝」。和古書中「三皇」名單人數很多一樣，列入「五帝」的英雄人物也不少。通過綜合分析，我在本書中列出的是：炎帝、黃帝、帝俊、堯、舜。他們在《山海經》裏都有多處記載。名單中有爭議的是帝俊，在下面對他的介紹中再討論吧。

　　炎帝、黃帝合稱「炎黃」。你們應該聽到過「炎黃子孫」這個詞，「炎黃」指的就是炎帝、黃帝。

炎帝

　　炎帝是中國傳說中的上古帝王，又稱神農氏。炎帝的出生地有幾種說法：陝西寶雞、湖北隨州、山西高平、河南華陽、湖南會同。炎帝死後葬在何處也有爭議，上述五地現在都有炎帝陵，每年都會定期舉辦大型紀念活動。

　　炎帝的最大貢獻是開發華夏的原始農業，他是農耕文化的創始人。傳說他創造了木製耒耜，教民耕種，提高農作物的產量。另外，又傳說他為了替人醫病，到處尋訪藥材。他將認為可能有藥效的植物，冒着中毒危險都先嚐一遍。後來有一本藥書，書名用了他的大名，叫《神農本草經》，是中國現存較早的藥物學重要文獻。

　　《山海經》中有一些炎帝的傳說，不過很凌亂。大家都知道「精衛填海」吧？主人公女娃就是炎帝的小女兒。這個神話當然不是歷史，但它反映了這樣一個背景：人們歌頌炎帝，為民貢獻一切的老爸有一個為民捨身填海的女兒！

　　《山海經》中炎帝傳說有史料價值的是《海內經》中的

兩條。一條記他的後代。炎帝之妻名叫聽訞，她生的兒子叫炎居，炎居生節並，節並生戲器，戲器生祝融，祝融生共工，共工生后土，后土生噎鳴。噎鳴大概是製造曆法的人。另一條記炎帝還有一個叫伯陵的孫子，伯陵有三個兒子。三兄弟都是音樂人才。老大名叫鼓，老二名叫延，他倆發明了鐘。老三名叫殳，發明了鐘，鐘和鐘都是樂器。一組大小不一的編鐘能夠發出類似現代 do、re、mi、fa、so、la、ti 一組音符的聲音。鐘又名箜篌，是一種彈弦樂器。

黃帝

黃帝號有熊氏，又號軒轅氏，傳說他統一了中原各部落。古書中關於他的記載也很具體。炎帝和黃帝兩大部落聯合成部落聯盟，成為華夏族政治實體。

有傳說稱黃帝出生於公元前 2717 年的農曆三月初三，公元前 2599 年逝世。關於黃帝出生地有幾種不同說法：一是今河南省新鄭，二是甘肅省天水，三是陝西省黃陵。

《山海經》中黃帝傳說有史料價值的是黃帝世系和黃帝與蚩尤之戰的故事。黃帝、蚩尤之戰已經在前文中介紹過，前文中的神話新編中有一些情節是虛構的，那講的是神話中的黃帝、蚩尤。不過，歷史中的黃帝、蚩尤之戰有真實性。

關於黃帝世系，《山海經》中記載了很多。《海內經》中記載黃帝生昌意，昌意生韓流，韓流生帝顓頊。〈大荒西經〉中記載顓頊生老童，老童生重和黎。〈大荒東經〉中又記載黃帝生禺䝞，禺䝞生禺京，禺京住在北海，禺䝞

住在東海。黃帝又和以後的夏王朝有族系關係。〈海內經〉記載黃帝生駱明，駱明生白馬，白馬就是那位治水的「失敗英雄」——鯀。鯀生禹，禹的兒子啟建立了夏王朝。夏王朝是黃帝的後代建立的，在史學界已初步取得共識。黃帝世系還與北狄、犬戎有關，他們是現代中國許多少數民族的先祖，黃帝的後裔散佈各地。

帝俊

帝俊是傳說時代初期另一位重量級人物，他的地位幾乎可以和炎帝、黃帝相當。但是，他的「身世」卻還是一個謎。

帝俊的事跡，在《山海經》這部書中尤其集中地反映在〈大荒經〉、〈海內經〉之內。他屬於哪個系統呢？顯然不屬於炎帝世系，也不屬於黃帝世系，那麼，只可能是與炎、黃兩大世系並存的第三世系。

有許多古書記載帝俊就是帝嚳，嚳是黃帝的曾孫，是商朝的先祖，又是「五帝」中的一帝，所以稱「帝嚳」。

這一下可把讀歷史的人弄糊塗了。有的說帝俊是炎、黃兩大世系並存的第三世系，有的說帝俊是黃帝的曾孫。

目前，歷史學者們又有了新見解。帝俊是與炎、黃兩大世系並存的第三世系，是東方部落羣的共主，商朝的先祖。商朝末代暴君紂王被推翻後建立了周朝，周朝後期出現諸子百家，許多學者不重視商朝的歷史，商朝先祖帝俊就被「移植」到黃帝世系，變成了「帝嚳」。

帝俊在〈大荒四經〉和〈海內經〉中有多達十六處的記述。而且，「帝俊」一名已經被殷墟卜辭證實了，卜辭中的「高祖俊」就是帝俊。

這件事被稱為《山海經》史料價值重新認識的重大轉折呢。

帝俊傳說只見於《山海經》而不見於其他古籍，據說這是因為商朝亡於周朝，帝俊傳說不被中原古書收錄的緣故。

《山海經》記載了帝俊是商朝的先祖，不過籠罩了一層神話外衣。〈大荒東經〉中記載帝俊派五彩神鳥下凡，做他地上神廟的大管家。看，五彩神鳥正在廟前翩翩起舞呢！「有五採（彩）之鳥，相鄉（向）棄沙（婆娑），惟帝俊下友。帝下兩壇，採鳥是司。」

歷史學家司馬遷寫了中國第一部正史《史記》，其中的〈殷本紀〉記載：「天命玄鳥，降而生商。」商朝又稱殷朝，〈殷本紀〉是專門寫商朝的一篇。

大家對照一下，《山海經》、《史記》記載的內容多麼相似，只不過後者籠罩的神話外衣少些罷了。

《山海經》中記載的帝俊傳說中，史學價值很高的還有〈大荒北經〉記載衛丘方圓三百里，丘南有竹林，叫帝俊竹。衛地淇水一帶多竹屢見記載，直到漢代仍見於史書。衛地是商代王都郊區，說這一帶的竹林是「帝俊竹」，反映了這方面的歷史面目，研究中國竹資源的學者可利用這一記載。

《山海經》中記載的某些帝俊傳說有潛在的史料價值。帝俊的世系可以作為史料的參證。「是始為舟」

五採鳥　〔明〕蔣應鎬圖本

61

的番禺為帝俊後裔，揭示的可能是東夷與古越族的某些關係。帝俊子裔是多項發明創造的哲人，可以作為科學技術史的參考資料。

特別有意思的是，「帝俊之妻」的「羲和之國」在「東海之外，甘水之間」，也可印證殷代亡國之民播遷東海之外。法國學者維寧早在 1885 年寫過一本書，認為《山海經》中有美洲大陸的信息。前些年美洲大陸發現了與殷商文化相似的史前遺址，引發了中國人曾經最早到達美洲的討論。

堯舜禹禪讓傳說時代

古今歷史學家基本上一致認為，堯舜禹和夏王朝是直接相連續的時代，有關堯舜禹的禪讓傳說並不是荒誕無稽的故事。

在上古時代某一個時段，連續的中原共主「禪讓」繼承是存在的，當然它的背後也有「爭鬥」，不過「爭鬥」鬥不過當時的「禪讓」制。後來，世襲王權制終於確立了，堯舜禹作為共主的時代正處在這個交點上。

到了漢朝末年，曹操的兒子曹丕為了取代漢朝，用了「禪讓」的美名，修了一座高台叫「禪台」，強迫漢獻帝「禪讓」皇位。曹丕死後把帝位傳給兒子，以後兒子再傳兒子。這哪能叫真正的「禪讓」呢？沒過幾十年，司馬炎也學曹丕，修了一座高台叫「禪台」，強迫曹魏末代皇帝「禪讓」皇位給他，建立了晉朝。這件事

成了有名的「禪台報」笑談。

堯

堯是禪讓制第一位共主。在世襲王權形成的前夜，按照軍事民主制的傳統，部落聯盟最高首領要通過一定的形式，由眾多的氏族貴族和部落首領推選和承認才能確立。堯稱陶唐氏，古書說「堯都平陽」，「年十六以唐侯升為天子」，可見他是以唐部落酋長的身份被推為部落聯盟共主的。

堯，姓伊祁，名放勳，古唐國（今山西省平陽）人，五帝之一。主要貢獻是推求曆法，測定出了春分、夏至、秋分、冬至日期，為百姓頒授農耕時令。傳說堯設置諫言鼓，讓天下百姓隨時表達意見；立誹謗木，讓天下百姓攻擊他的過錯。他為人簡樸，吃粗米飯，喝野菜湯，得到人民的廣泛愛戴，被後世儒家奉為聖明君主的典型。

《山海經》中有一些堯的記述。

相傳堯的大兒子名叫朱，後來被流放到丹水一帶，又名丹朱。流放朱據說是堯禪位於舜而做出的大義滅親舉動。《山海經》和郭璞注文對此事均有說明。〈海外南經〉記載「讙頭國」，「或曰讙朱國」，讙、丹二字讀音相近，指的就是丹朱。耐人尋味的是，儘管古書《竹書紀年》中記載舜殺丹朱，但〈海內南經〉卻稱他倆同葬一山：「蒼梧之山，帝舜葬於陽，帝丹朱葬於陰。」丹朱被放逐的典故還跟一種鳥名有關，〈南

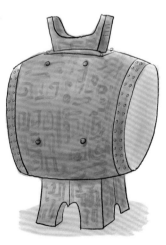

次二經〉「櫃山」條記載那座山有一種鳥名叫鴸鳥，鴸鳥一到，這兒就有被流放的罪人了。

舜

舜，尊號有帝舜（舜帝）、大舜、虞舜。姓姚，又姓媯，名重華，字都君。五帝之一。西漢末年，虞舜後裔王莽篡漢稱帝，建立「新朝」，追尊虞舜為「新始祖」。

舜的出生地有幾種說法。一種是姚墟，在今河南省濮陽。另一種是餘姚。此外，還有今山東省菏澤、浙江省上虞。傳說舜的都城在蒲阪（今山西省運城市永濟）。

據說，現今世界舜帝的後裔達到三億多人。世界舜裔聯誼會統計，舜裔包括陳、胡、袁、姚、虞、田、孫、陸、車、王十姓，其中舜帝後裔陳胡公的分出姓氏陳姓，全球人口總規模達九千萬人，胡姓全球人口達到兩千多萬人。我們從這就可以看出，虞舜的影響

鴸 ［清］汪紱圖本

【鴸】

胡文煥圖本中的鴸滿頭長髮和一臉笑容的人面下是羽翼豐滿的鳥身，兩隻人手代替鳥的雙足穩穩地站着。汪紱圖本中，鴸周身黑色羽毛，伸展雙翅，做俯衝貌，其人面、人手的形態均未顯現。

鴸鳥 ［明］胡文煥圖本

力是多麼的持久。

　　舜出身於平民，屢經磨難，他不是由眾多的氏族貴族和部落首領推選做上的共主，而是由前一代共主堯的長期考察認可，通過禪讓繼位的。相傳為了考察舜，堯把自己的女兒嫁給舜，還另外派九名男子侍奉左右，用意是觀察他的德行；又讓舜職掌五典、管理百官、負責迎賓禮儀，用意是觀察他的能力。堯滿意了，才讓舜進入試用期，還只算代理共主。堯讓位二十八年後去世。

　　傳說舜在位時，選擇德才兼備的「八愷」、「八元」[1]治理民事，流放懲治「四凶」[2]，堯在位末期，已經發生了嚴重的水災。堯派鯀治水沒成功，舜繼位後任命禹治水，完成了堯未完成的盛業。舜重視

1　傳說上古時代的一羣德才兼備的人，不同古書記錄的名字不同。

2　傳說上古時代的四個壞人，不同古書記錄的名字不同。

實地調查，傳說他巡行四方，整頓禮制，減輕刑罰，統一度量衡。教導人民行厚德，孝敬父母，同鄰里和睦相處。在他的治理下，出現了太平盛世。《史記》記載，天下明德是從虞帝開始的。多次出巡，使他的身體變差了。傳說舜去世於南巡途中的蒼梧之野，葬於九嶷山（今湖南省永州）。

《山海經》中記載了舜的妻子，記載了他最後時刻南巡途中的蒼梧之野和長眠之地九嶷山。那兒的舜帝陵至今猶存。《山海經》中還記載了其他地方的「帝舜台」，那些都是後人緬懷帝舜功德的建築物。

禹

禹，通常被尊稱為大禹，與堯、舜同為傳說中的古聖王。姓姒，名文命，根據對夏王朝的考證，他的生卒年代在公元前23世紀，據說享年六十四歲。

禹的出生地也有幾種說法，意見比較集中的是，一在今四川省綿陽市北川縣，一在今河南省登封。

禹最突出的貢獻是治水。《山海經》中關於禹的史料主要反映在治水活動上。治水傳說起自鯀。相傳鯀是禹的父親，《海內經》記述了鯀禹兩代治水的大體經過：「洪水滔天，鯀竊帝之息壤以堙洪水，不待帝命。帝令祝融殺鯀於羽郊。鯀復生禹。帝乃命禹卒布土以定九州。」大意是：鯀受命治水，由於採取了不適當的以堙塞（築堤）為主導的治水方略而失敗，鯀死後由禹接替，最後完成了平定洪水、勘定九州的偉業。《山海經》中的這段記載，把鯀禹父子兩代治水活動做了高度概括。如果揭去某些神話外衣，它反映的史實是可信的。

夏禹王像　馬麟（立軸、絹本）

首先，分析一下治水傳說的社會基礎。在漫長的史前時代，古黃河上下曾經開展過無數次治水活動，其中雖然有的規模較大，但更多的應是局部範圍的規模小的治水。先民通過長期口耳相傳，把若干個治水英雄人物集中在一兩個人身上，則是很自然的。

其次，分析一下大規模治水的可能性。當社會發展到達文明之門的時候，黃河中下游地區生產力空前發展，人口密度增大，氏族部落首領能夠大規模地組織人力、物力治水。因此，在堯舜禹為共主的時代，進行空前的治水活動是可能的。

最後，分析一下治水規模和涉及地區。包括《山海經》在內的古書記述得並不可靠。先民對江河的治理，主要應該在東方。《山海經》中有幾處記載涉及治水範圍，一是〈西次三經〉的「積石之山」，二是〈海外北經〉的「禹所積石之山」，三是〈大荒北經〉的「禹所積石」。歷代注家主張積石在今青海省。鯀禹治水到達積石，與當時的歷史條件不符。至於禹定九州，更是後人追述的誇大。

禹死後，他的兒子啟繼承了王位。禪讓時代結束了。

夏商周：燦爛的東方古代文明

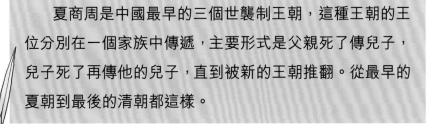

夏商周是中國最早的三個世襲制王朝，這種王朝的王位分別在一個家族中傳遞，主要形式是父親死了傳兒子，兒子死了再傳他的兒子，直到被新的王朝推翻。從最早的夏朝到最後的清朝都這樣。

夏商周三代的最高統治者稱王，後來秦王嬴政統一六國，他想，六國的最高統治者稱王，我還能夠只稱王嗎？他覺得自己的功勞蓋過了「三皇五帝」，應該叫「皇帝」。而且他又是第一個稱皇帝的人，所以叫始皇帝。於是，「皇帝」就成了最高統治者的稱呼了。

一個王朝一般由許多代皇帝傳遞，古書記載一個朝代的歷史也就按一代代的皇帝排列。弄清每個朝代、每位皇帝在位的精確

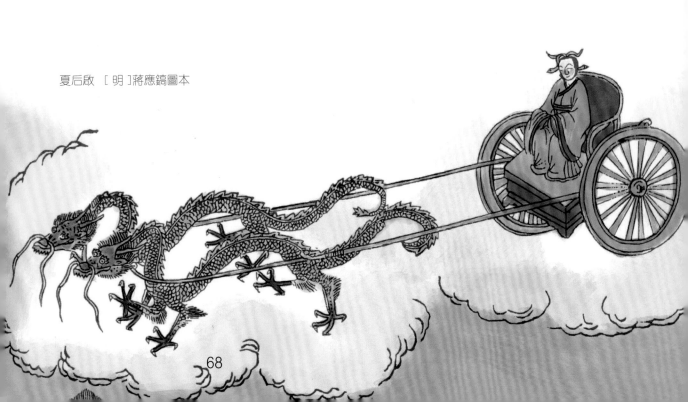

夏后啟 〔明〕蔣應鎬圖本

年代是歷史學的重要任務。夏商周三個朝代的具體起始年代在很長時間內沒有弄清楚，更談不上每位皇帝的年代了。20世紀末，國家啟動了「夏商周三代斷代工程」。這個國家重點科技攻關項目於1996年5月16日正式啟動，到2000年9月15日通過國家驗收，已經推算出夏商周三代大致年表。不過，這只是階段性成果，還有許多不同意見。

下面的介紹中引用了上文所述的三代年表。

《山海經》中的夏

夏王朝共有十七位王，第一位是禹，他的王位來自舜的禪讓。禹死後為甚麼傳位給兒子呢？傳說禹在位時並沒有放棄禪讓制。他年老時，曾在部落聯盟議事會上提出繼任人選問題，大家推舉了皋陶。不過，皋陶沒等到繼位就病死了，大家又舉薦伯益。伯益也是位很賢能的人才，只是他的「人脈」關係不深，部落酋長大多跑到禹的兒子啟那裏去請示報告，很少到伯益身邊來。有古書記載啟破壞了部落聯盟議事會推舉繼任人的制度，發兵從伯益手中搶奪了禹的地位，並殺害了伯益。《晉書·束皙傳》記載「益干啟位，啟殺

之」。啟的繼位，標誌着夏王朝確立，從此，世襲制代替了禪讓制，「公天下」變成了「家天下」。

《山海經》中有一些零星的夏代史料。

相傳夏王朝建國後不久就出現了統治危機，有窮氏部落首領取代了夏的地位，但不久少康中興復國。《山海經》中有兩處關於啟的記述，都說啟取得權位後開始腐化墮落，〈大荒西經〉中記載：「……夏后開。開上三嬪於天，得〈九辯〉與〈九歌〉以下。此天穆之野，高二千仞，開焉得始歌〈九招〉。」〈海外西經〉中記載：「大樂之野，夏后啟於此九代……一曰大遺之野。」夏啟置國政於不顧，飲食歌舞於野，導致其死後不久就出現內訌，失去政權。不過，畢竟他們的祖先大禹有大功，夏朝前期也出現不少賢臣。

〈海內南經〉中孟塗就是一個典型。孟塗是夏啟的臣，在巴地當地方官。有一次當地發生一椿大案，下一級地方官弄不清真正的作案人是誰。孟塗用了許多方法，包括心理疏導，終於破案，獲得巴地老百姓的一致稱讚。

夏朝末代之王叫桀，是中國古代著名的暴君。夏桀壞事做盡，

民怨沸騰，老百姓在大街小巷、田邊池畔，一面指着天上的太陽，一面詛咒地唱：「我們多麼想和你一同死啊！」試想想，到了這個地步，夏朝還能不亡嗎？

商湯趁機興兵討伐夏朝。人們對夏桀恨透了。傳說商湯軍隊所到之處，農民不停止鋤地，做生意的也不歇業，説明軍隊紀律嚴明，不擾民。人們簞食壺漿（就是用一種圓形竹器裝滿乾糧，用壺盛滿酒水），歡迎他們愛戴的軍隊。

約在公元前 1600 年，雙方在鳴條（今山西省運城市夏縣西）進行了一場決戰。商軍勝利，夏亡。

夏耕之屍 〔清〕汪紱圖本

《山海經》中也記述了這一史實，〈大荒西經〉中記載，夏耕一隻手拿着戈，另一隻手拿着盾，站在那兒狂叫。商湯的大部隊來到，當即把夏耕斬首，但是這無頭的夏耕之屍，卻跑到了巫山。

揭去神話外衣，這段文字反映了成湯伐桀戰役慘烈的事實。夏亡後，遺民四處逃散，其中有一股流亡到西南了。

夏王朝於公元前 2070 年建立，公元前 1600 年滅亡，傳十七王，歷時約 470 年。

商

商是中國上古時代第二個王朝，起於約公元前 1600 年，止於約公元前 1046 年，傳三十一王，歷時約 554 年。它是中國第一個有同時期的文字記載歷史的王朝，也就是説不是後人根據傳説追記的歷史。

商湯滅了夏朝以後，在亳（今河南省商丘）建立商朝。之後，商朝國都頻繁遷移，到了第二十代盤庚時遷到殷（今河南省安陽），

國都才穩定下來，在殷建都，並延續長達 254 年，所以商朝又稱為「殷」或「殷商」。同時，歷史學者又把遷都殷以前稱商朝前期，遷都殷以後稱後期。

商朝和周朝處於上古鼎盛時期，位居世界領先地位，不僅有龐大的國家統治機構和軍隊，還有當時東西方世界最先進的物質文明和精神文明。商朝甲骨文和金文是目前已經發現的中國最早的成系統的文字符號，它記錄了人類最早的歷史。西方世界最早的希臘文明，《荷馬史詩》記載的公元前 11 世紀到公元前 9 世紀的希臘史，是在商朝被周朝推翻的時候才剛開始呢。

商朝的科學技術有了很大進步，觀測天文天象，運用干支計時，在甲骨文裏都有反映。商朝的農業和畜牧、養殖業發展都比較快，尤其是手工業，青銅器的冶煉與製造技術已相當成熟，各種常用的器具十分精美。著名的司母戊大方鼎重達 875 公斤，在當時東西方世界是獨一無二的。

《山海經》中有關商王朝的史料除了成湯以外，重要的是商先祖的一些記述。商的先祖可以追溯到傳說時代的帝俊。史學界一般只追溯到商湯以前十四世，據說這是文字記載中可考的最早殷族先祖，名叫契。

《山海經》中記載了商湯以前八世祖，名叫王亥的事跡。20世紀初，歷史學家通過對殷墟卜辭研究，證明王亥真有其人。

相傳王亥的部族生活在今山東省一帶，為了向北發展，王亥同弟弟王恆北渡黃河，在有易國受到接待。後來出了一件事，王亥被殺，王恆也被有易國趕了出去。王恆逃回後繼承了哥哥的位子，到了他兒子上甲微當上新主的時候，才大興問罪之師直搗有易國都城。有易國受到嚴重破壞，遺民西遷，據說就是以後秦國的祖先。

《山海經》中的〈大荒東經〉、〈海內北經〉都有上述史實的概括記述，當然也離不開神話外衣。

商朝最後一位王叫紂，商紂的惡跡與夏桀同樣出名。他曾下令將酒裝入池子，把各種動物的肉割成一大塊一大塊的掛在樹林裏，這就是所謂的「酒池肉林」，以便他帶領許多人一邊遊玩，一邊隨意吃喝。他還用很多的酷刑，懲罰那些反對他的人。

當然，這樣的昏君暴君，肯定是亡國之君。公元前1046年，周武王推翻商朝，商紂王自焚了。

周

周朝歷時約 800 年，是中國歷代最長的王朝。從公元前1046 年到公元前 256 年，共

傳三十七王。周朝各諸侯國的統治範圍包括今黃河、長江流域和東北、華北的大部分，疆域空前廣大。

周朝分西周和東周兩個時期，西周定都鎬京（今陝西省西安附近），到公元前 771 年結束。第二年，周平王遷都洛邑（今河南洛陽）。東周又分春秋、戰國兩個時期。

西周前期統治秩序穩定，社會經濟得到快速發展。農業是主要經濟部門，實行井田制，開始使用鐵製農具。青銅鑄造仍是手工業生產的重要部門，產量和製作技術比商代有了提高。

西周第十個王周厲王，實行了一套過激的政策，公元前 841 年，國人舉行暴動，把周厲王趕走了，由周公和召公臨時主持政事，史稱為「共和行政」。共和元年就是公元前 841 年，是中國歷史有確切紀年的開端。從這一年直到 1911 年，所有朝代、帝王，甚至重要割據政權統治者都有清楚的世系記錄。

公元前 771 年，西周最後一個王周幽王被殺，西周亡。第二年，周幽王太子宜臼由鎬京遷都洛邑，以後稱東周。周赧王五十九年（公元前 256 年），秦滅東周。

東周自公元前 770 年至公元前 476 年稱為「春秋時期」，之後到公元前 221 年秦始皇

統一全國，稱為「戰國時期」。春秋戰國時期，是中國乃至世界古代思想文化最活躍的時代。

公元前 221 年，歷史進入秦朝。以後各個朝代，最高統治者都稱皇帝。

《山海經》中周朝史料不多，只有幾處提到周先世，一處明確用「西周之國」做條目，另有一處提到周文王之葬所。

相傳周先祖后稷在虞，夏時是西方之國，與夏同族，都是黃帝部族羣的成員。后稷在舜時被封於邰。〈大荒西經〉記載西周之國是農業部落，姬姓。后稷是上天派下凡的農神，是他發明了播種五穀，最早教人耕種土地。后稷的弟弟叫台璽，台璽生了叔均。

周武王的父親周文王死於滅商之前，〈海外南經〉記載周文王葬於狄山，和帝堯、帝嚳葬於一山。當然，這只是對前代聖賢們的歌頌而已。

〈海內經〉中有「大比赤陰，是始為國」八字，前四字很難理解。經過注釋學者的反覆討論，「大比」的「比」應該是「妣」的誤寫，「妣」是對女性祖先的尊稱。「大妣赤陰，是始為國」可能反映的是這段史實：周族始祖的母親姜嫄生下了一個兒子叫棄，棄成了周國的始祖。

《山海經》中的地理學內涵

大地四隅，連接天地之間的神山神木：古人眼中的天和地是怎樣的

《山海經》雖不是純粹的地理書，但它的地理學內涵卻是第一性的，也就是說，地理在《山海經》的內容中佔重要地位。它的主體部分〈山經〉是當時的調查報告，〈海經〉與當時的圖冊有某種關係。不過，其中蘊含的地理學知識大多是在神話外衣下隱藏着，看似虛幻，但實不虛幻。

天地論是最早的宇宙論。由於先民知識水平低下，他們只能把天空和他們生存的大地當作宇宙的整體，根本不可能有近代宇宙觀的星系，總星系等的概念。

中國上古時代，先民對宇宙的認識存在着兩種天地說，就是渾天說和蓋天說，這兩種學說在《山海經》中都有反映。

渾天說是最原始的宇宙論，被稱作地方性的宇宙論。這種學說認為，茫茫大地是一個大圓盤，發生着千奇百怪的天象；具有無比神力的蒼天，就像渾圓的鳥卵外殼，將大地包裹其中，日月星辰繞南北兩極旋轉。渾天說的南北兩極與近代的南北兩極不同，「北極」在「天下之中」地區的正北方地上 36 度的地點，這和北半球的人站在北緯 36 度附近看到的北極星處的位置大致相同。渾天說的「南極」則在正南方地下 36 度處。

渾天說把大地想像為平圓形狀，「天下之中」的「地中」就是華夏族的居地，具體地說，就是以夏王朝都城陽城附近為中心的地域，以此「天下之中」地區為中心

向外，直達四海。

　　蓋天說是渾天說以後發展起來的一種宇宙觀。早期渾天說以為天好像是一個大傘蓋，地好像大棋盤，也就是說天是圓的，地是方的。後起的蓋天說以為天好像是一頂大鬥笠，地好像是一個大盤子，天在上，地在下，日月星辰東升西落是它們隨着天蓋運動的。

　　《山海經》中的渾天說觀點表現在經文篇目的構思方面。〈五藏山經〉記述的地區，在作者的心目中就是「莫非王土」的地方。具體地說，〈中山經〉記述的是以王都為中心的畿內，其外的南山區、西山區、北山區、東山區則是畿內的四方拱衛。〈山經〉地區以外，就是〈海外經〉描述的地方了。

　　《山海經》作者還把〈大荒經〉描述的地方看作是大地的邊緣。那裏有日月升起、落下的山，大地有東西南北四個極點。〈大荒經〉記載的東極、北極是山（〈大荒東經〉：「鞠陵於天、東極、離瞀，日月所出。」〈大荒北經〉：「北極天櫃。」），南極、西極是神居住的地方（〈大荒南經〉：「有神名曰因因乎。」〈大荒西經〉：「噎，處於西極。」）。《山海經》關於四極的描述中，東西兩極和南北兩極都是一山一神，顯示了以天地之中為對稱的思維模式，符合渾天說的思路。另外，把北極的山稱為天櫃而南極不見有山，也符合渾天說認為天空沿着一條假定軸線旋轉的想法。

　　渾天說主張大地四周被海包圍。《山海經》中多次提到四海，不過對這些海的直接描述很少，這大概是作者所處的時代航海業不發達，人們對海洋的認識還比較幼稚的緣故。

　　《山海經》也反映了蓋天說的天地論。早期蓋天說主張天圓地

方，《山海經》中的有些記載透露了這種信息。如海外海內諸經多次提到了陬，陬就是角，既然有了四隅，看來作者心目中的大地略呈方形。

《山海經》中還多次提到了天地相通的山（如登葆山）、木（如建木、若木），這些連接天地之間的神山神木，實際上是大地支撐天蓋的神柱，這和早期蓋天說主張的天如同傘蓋就十分吻合。

拿尺測量大地的巨人豎亥：地球經緯圈有多大

〈海外東經〉記載：「帝命豎亥步，自東極至於西極，五億十選九千八百步。豎亥右手把算，左手指青丘北。一日禹令豎亥。」

《山海經》中記載了大地測量和測量數據。〈海外東經〉記載帝指示「競走運動員」豎亥去測量大地，豎亥右手拿着算籌，左手指着叫青丘的地方，邁着同樣長短的步子，從東極到西極，剛好五億十萬九千八百步。這個故事肯定又是穿了一層神話外衣，那個具體數據也不可靠，但經文透露了先民曾經進行過大地測量的信息卻是可以肯定的。

雖然豎亥步地測得的東西以及五億餘步的數字無法置信，可是〈五藏山經〉結語說的「天地之間」，也就是大地四個極點間的距離卻是一條十分珍貴的測量數據。該經文「天地之東西二萬八千里」、「南北二萬六千里」與地球北緯45度附近的半緯圈和北極至南回歸線之間的經圈的長度是基本相符的。

《山海經》資料積累和成書時代，主要活動區域在黃河流域。先

民們認為的「天地之東西」應該指通過這一地區的半緯圈，「南北」應該是北極到可能「日無景」的南回歸線之間的距離。

地理學者已經測得的赤道半徑是 6378.2 公里，極半徑是 6356.8 公里。我們還要知道〈五藏山經〉說的是古代的里，長度和我們現代的里也不同，比較時要通過一定的換算。算出來的北緯 45 度半緯圈，北極到南回歸線之間的經圈，里數與「二萬八千里」、「二萬六千里」中古代的里修正為華里的數字相當接近。

特別有趣的是，〈五藏山經〉的天地東西里數略大於南北里數，也符合赤道半徑略大於極半徑，地球略呈橢圓的事實。這些都應該不是巧合，表明當時大地測量方法已有很高的水平。

你到過黑龍江省省會哈爾濱和廣東省省會廣州嗎？沒到過不要緊。第一，以後會去的。第二，這只是舉例，用北方任何一個地方和北回歸線與南回歸線之間任何一個地方做比較都行。

在哈爾濱晴天中午日影很長，在廣州夏至晴天中午沒有日影。從地圖、地球儀上可以查到，哈爾濱在北緯接近 46 度的地方，廣州在北回歸線（北緯 23.5 度）以南。理論上講，廣州市北的北回歸線上就會出現夏至晴天中午沒有日影的一剎那時刻，甚至連一根筷子那麼細的木桿直立時也見不到影子。

《山海經》中就記錄了這一現象。〈大荒西經〉記載有壽麻之國。那裏的人正立無影。

地球圍繞太陽公轉，一周就是一年。太陽光垂直照射在南北回歸線之間區域並來回轉移，在這一區間的所有鄉村城市，一年之間都可能有兩次「正立無影」，地理學稱這一區域為熱帶，《山海經》中的壽麻國肯定就在這裏。

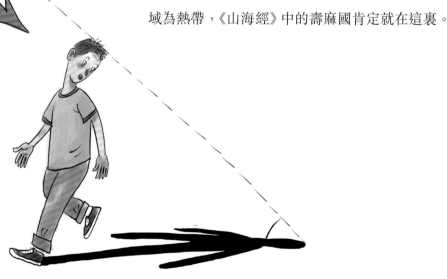

去痙樹：自然帶分界線

我們吃的水果，南北方的出產不同。北方的鴨梨、雪梨又甜又脆，蘋果又香又甜；南方出產的梨子、蘋果的口感就差了許多。同樣，南方的柑橘運到了北方很受歡迎，可是如果把柑橘移種到北方，就會變成又酸又苦的枳。除水果以外，南方的樹木葉片很大，樹林稱為闊葉林。北方寒冷地區的樹木葉片很小，甚至像針，樹林稱為針葉林。

各地的動物也不同。例如，藏羚羊大多生活在中國青藏高原（西藏、青海、甘肅、新疆），有少量分佈在印度拉達克地區，在平原就看不到牠的身影。澳洲的袋鼠只在澳洲生活，其他地方沒有這一類動物。當然囉，動物園除外。

以上情況都是地理環境造成的，在這裏要引入一個「自然帶」的概念，劃分自然帶，早期主要是根據不同緯度得到太陽輻射能的差異，把地球表面劃分為五個自然帶，後來又根據各地氣候、生物等差異進行細分。

熱帶向南向北，先是溫帶。熱帶以北是北溫帶，熱帶以南是南溫帶。再向兩極，叫寒帶。北溫帶以北是北寒帶，南溫帶以南是南寒帶。以上叫地球五帶。

生物（即動物、植物）的差異是劃分自然帶的重要標準。特別是植物，因為植株無法自行移動，它比動物更為敏感。由於熱量和水分的差異，大多數植物只能在一定的區域內生長，如果脫離這種生存環境，該類植物就可能無法正常生長，甚至生存也要受到威

81

脅，就像上面說的「南桔北枳」那樣。因為植物有這一特性，所以一定的植被成了地理學劃分自然帶的主要標誌。

《山海經》中記載了能夠顯示出自然帶邊界的植物，如〈大荒南經〉記載：「大荒之中，有山名曰去痷。南極果，北不成，去痷果。」大意是：去痷山上生長着去痷樹，去痷樹結出去痷果。去痷樹在山的南面（對於北半球來說是向陽坡）能夠正常發育開花結果，在山的北面則只開花不結果，或者連花也不開。

其實，這一自然現象在現代並不難理解。原來，去痷山山麓和以南的地方水熱條件較好，去痷樹便開花結果。去痷山北面和以北的地方就不同了。也就是說，去痷山是去痷樹結果實的邊界。

崟山玉膏、令丘山火：能源礦產石油、天然氣的最早記錄

每天早晨，為了讓您按時到學校，媽媽總是先起牀，到廚房打開燃氣爐，生火為您做早餐。您可能已經知道，燃氣爐用的是天然氣。

吃完早餐，您們是怎樣從家裏趕到學校的呢？離學校近的，步行上學當然很好。不過，無論城市還是鄉村，乘坐交通工具上學的情況都很多。大家是選擇「排排坐」的校車，還是爸爸的電單車呢？──這些都要用到汽油。總之，不管是陸地上的火車、水面上的輪船，還是空中的飛機，這些離我們最近的民用交通工具，都離

不開汽油。

汽油是從石油中提煉出來的，石油、天然氣屬於能源礦產。它不僅關係到千家萬戶，更是國家發展的保證。

中國是世界上最早發現和使用石油、天然氣的國家。一般的說法是，秦朝漢朝時代的高奴縣（今陝西省延安附近）人們發現古延河的支流洧水河中有可燃燒的液體，稱它為「石漆」。那就是石油。其實，《山海經》中有關石油、天然氣的記載，時間比秦朝和漢朝還要早。

石油、天然氣都是礦產，埋在很深的地下。挖深井是一項高難度技術工程。1521 年，四川峨眉山下的嘉州（今四川省樂山），鑿成第一口有幾百米深的石油豎井，開創了中國鑽井取油的新時代。

〈西次三經〉「峚山」條：「西流注於稷澤，其中多白玉，是有玉膏，其原沸沸湯湯。黃帝是食是饗。是生玄玉。玉膏所出，以灌丹木。丹木五歲，五色乃清，五味乃馨。」這段記述石油的文字，要注釋一下才會令人明白。

稷澤是一片沼澤，多年前，這兒曾出現噴發奇觀，埋藏地下的原油衝開地殼孔隙，噴出地面，沸沸揚揚的，真是「泊漾漾如石凝膏」[1]一樣。可惜的是，那時候的人們不知道原油的用途，沒人理睬，讓它自生自滅，哪會知道它是幾千年後人類賴以生存和發展的石油。

這些油液流遍稷澤周圍草原。慢慢蒸發了，殘遺物質凝固，形成瀝青，作者用美好的名詞，形容它們是玄玉、玉膏。

若干年後，被污染的丹木逐漸開得茂密，慢慢地重現紅莖、綠葉、黃花、赤實等，五色光鮮，散發出和原先一樣的五味滋香。

《山海經》中有關天然氣的記載見於〈南次三經〉，「令丘之山」條記載這座山「無草木，多火」。古書《括地圖》記載「神丘有火穴，

光照千里」。神丘就是令丘。令丘之山無草木而多火，顯然這種火不是森林火災，而是「自生之火」，即天然氣噴發自行燃燒的現象。另外還有《楚辭·大招》記載「南有炎火千里」，《抱朴子》記載「南海肖丘有自生之火」，指的都是一回事。

秦朝漢朝或更早時代，蜀地（在今四川省內）有人在打鹽井時，發現從井中冒出的氣體可以燃燒。這種可燃氣體就是天然氣。到明代中期，人們已經學會了收集這種氣體的方法，並且正式用它來照明、煮鹽滷。

1 古書《博物記》中的話。

風是一個非常奇怪的「東西」。我們看不見，摸不着，但是卻可以看到在風中輕輕搖動的樹枝，看到狂風推倒巨石和颱風災後的一片狼藉。人們可以在炎夏感覺到涼風的舒適，千方百計去尋找風的所在，嚴冬則對刀削入骨的寒風心感恐懼，蜷曲在絲毫不透風的地方，這就是上古時代有那麼多關於風的神話的緣故。

大氣運動形成的風和各種形式的降水千變萬化，是與上古先民密切相關的自然現象。隨着生產力的進步，先民們通過長期觀測實踐，逐漸積累了這些科學知識。《山海經》中也有許多關於這一方面的記述。不過，記載的各種風都籠罩了一層神話外衣。

第一，中國大部分地區處在北溫帶；第二，中國東面是世界最大的太平洋，西面是世界最大的歐亞大陸。這種地理位置，決定了相對獨特的冬季風、夏季風、海上颱風。「相對獨特」四個字的意思是說，在世界其他地方這種現象不明顯。

和水往低處流一樣，空氣也是從氣壓高的地方向氣壓低的地方流，流動就形成風。地理書把按季節變化的風稱為季風。季風又分冬季風和夏季風。

中國面對最大的海洋，後靠最大的陸地。冬季，大陸氣溫比鄰近的海洋氣溫低，大陸上出現冷高壓，海洋上出現相應的熱低壓，氣流大範圍從大陸吹向海洋，形成冬季風。它起源於西伯利亞冷高壓，強度大，時間又持久。

在夏季時，海洋溫度相對較低，大陸溫度較高，海洋出現冷高

壓，大陸出現熱低壓，這時北半球盛行西南和東南季風，也就是夏季風。

颱風是熱帶海洋上急速旋轉的大氣漩渦。颱風活動過程中伴隨有狂風、暴雨、巨浪和暴潮，它經過的地區，除了有解除酷熱、旱情的好處外，也常給人們造成巨大災害。據統計，颱風絕大部分發生在 5~20 度的緯度地區，尤其是 10~15 度的緯度地區。中國東南沿海是重災區。

《山海經》中記載的一些風名屬於季風，如〈北次三經〉「錞於毋逢之山」條記載的颲，就是一種西伯利亞高壓空氣南下形成的疾風。〈大荒東經〉說的鵁，指的也是冬季風。夏季風來自南方。〈大荒南經〉記載的因乎，也道出了夏季風的特徵。

《山海經》也記載有海上颱風，〈大荒東經〉中記載：「東海中有流波山，入海七千里。其上有獸，狀如牛，蒼身而無角，一足，出入水則必風雨，其光如日月，其聲如雷，其名曰夔。黃帝得之，以其皮為鼓，橛以雷獸之骨，聲聞五百里，以威天下。」有一段附會了動物夔神話的關於海上颱風的記述，它渲染的「出入水則必風雨，其光如日月，其聲如雷」，「聲聞五百里」，應該是海上風暴壯觀，它的資料主要來自颱風。

《山海經》包括〈山經〉和〈海經〉兩部分。〈山經〉又分南、西、北、東、中五個山區，所以又叫〈五藏山經〉。每個山區又分幾篇，共 26 篇。

〈山經〉中的 26 條調查路線

〈山經〉是當時的地理調查報告書，每一篇記述一條考察路線，共有 26 條線的考察記錄。〈山經〉是《山海經》的主體部分，據統計，《山海經》全書共 30699 字，〈山經〉有 21487 字，《海經》只有 9212 字。

周朝以前就有了山川物產的調查記錄。西周初年空前大統一，建立了相當完善的中央、地方機構。周王為了鞏固統治，控制全國，有必要也有可能開展全國性的山川物產調查，建立廣泛的祭祀網點以了解掌控各地。中國古代盛世大都有中央主持的山川調查和祭祀網點的設置。

〈五藏山經〉中的 26 條調查路線記錄的主體內容可歸納為山川、民俗、博物（動物、植物、礦物）等三個方面，此外還有少量的神話傳說。作為調查記錄，除了調查者的親眼所見外，也不可避免地摻雜有道聽途說的傳聞，由於不斷增添，以至沉積着不同時代的內容。大體說來，記述的山川物產大多是第一手材料，那些奇禽怪獸和神異功用應該是來自聽聞。不過並非荒誕無稽，而是上古先民自然崇拜的影子。

〈山經〉中的每一條目都記有方向。根據核查，可以肯定它記載的方向大體正確。調查者除了使用四方位的東、西、南、北以外，還使用了八方位的東北、東南、西南、西北。各山之中都有兩山間的里程，這些數字大多與實際不符，主要原因是兩山間的距離是調查者步行的路程，步測難以消除誤差。

87

儘管〈山經〉記載方向不完全正確，路程誤差較大，但是兩、三千年前的調查者能夠重視方向道里的測量和記錄，為今日地理研究提供了寶貴的依據和參考資料，應該說是一大貢獻。〈山經〉重視各山方向道里，對後世方志影響很大，直到清末近代，地方誌中仍沿用四至八到[1]和道里數據[2]的調查記錄格式。

　　〈五藏山經〉中的地理考察是中國古代早期系統的野外考察活動。因為調查者受指派進行山林川澤物產和祭祀的「普查」，目的明確，責任在身，所以他們的調查比較認真，頗有規範性。

　　〈山經〉中記載的是調查者的所見所聞，並無虛假捏造。448 座山編成的 448 條目，格式整齊有序。它創造了以山嶽山系為綱，以河川為目的地理民俗博物志體裁，這種模式一直被後世志書所繼承。直到明清撰寫地方誌時，編纂者仍然將山川博物民俗乃至神話作為記錄的對象。〈山經〉中描述的山系雖說不是現代地理學概念的山系、山脈，它只是調查者一次行程中若干山嶽的聯合。儘管如此，也表明調查者不僅能認識單獨的山丘，也能認識按一定條件組合的山系。

1　「四至八到」指某地所處的位置。「四至」指東、南、西、北四個方向。「八到」指東、東南、南、西南、西、西北、北、東北八個方位。即東南西北四個方位外，加了東北、東南、西南、西北四個方向。

2　「道里數據」就是距離的數字。比方說北京與天津的距離的數字是 137 公里。

跟蹤《山海經・中山經》厘山洛水考察隊

　　這是個節假日，小華跟隨爸爸媽媽逛王城公園整整一天，爸爸媽媽輪流當導遊解説。公園建在周王城遺址中心區域。周王城是東周的王都，在當時是世界上最大的都市。它北依邙山，南臨洛河，平面大體呈正方形。西北角在今河南省洛陽市東乾溝村北邊，東北角在火車站東大約一公里，西南角在興隆寨村西北，東南城角被洛河沖毀了。在地勢較高的五女塚村附近，地面上仍然能夠看到殘存的城牆。整個王城周長達 15 公里。

　　城內西南部是王城政治核心，周王住在宮殿裏，那裏有議事的朝堂。王官大司徒、大宗伯和其他的衙門也在這一帶。城址西北部是手工業作坊區，有製陶的窰場，還有製骨、製玉、製石器銅器的作坊。城外有類似今天酒店的建築，專門招待外賓。在西南部建築羣基址東側，發現糧窖八十餘座，這應該是王城遺址裏的倉庫藏區。

　　回到家，吃過晚飯沒多久，小華就在自己牀上睡着了。

　　俗話説，白天想甚麼，晚上就夢甚麼。

　　小華覺得自己又站在白天遊玩的王城公園，可是兩眼模模糊糊的。他使勁地揉，突然眼前一亮，白天見到的一切已經面目全非。呈現眼前的不再是熙熙攘攘的遊客，來回穿梭的大巴和的士，而是電視節目裏古色古香的王朝京城！

他以為自己眼花。他又使勁地揉，然後鬆開雙手，眼前的景致還是沒有變化。再重複一次，也一樣。他只得順勢把雙手放在頭上，用力撓着頭。

他感到茫然。

「怎麼了，小朋友？」一個他能聽懂的聲音從後面傳來。小華連忙回過頭，看到一位長者，打扮跟爸爸差不多。

「你是？」小華摸着自己的腦袋，遲疑地望着對方。

「別再發愣了 —— 快，看那邊！王官大司徒、大宗伯的考察隊出發了！」

小華身不由己，繼續穿過時間隧道……

剛一落地，小華就急切地問：「伯伯，你是誰？這是甚麼地方呀？」

「就叫我導遊吧……看，他們正在忙着。」

順着長者「導遊」的手，小華看見一羣上古裝束的長者。「導遊」說這是東周王官大司徒、大宗伯的考察隊，正在做例行的山川物產

祭祀調查。考察隊年紀大的是領隊，另外有幾位專職人員，有管地理方位和測量各山之間距離的，有管山上山下、河川考察的，有管祭祀的，有專管記錄的。

小華看見兩匹馬在悠閒地吃草。

「導遊」說：「那是他們的運輸工具。」

突然，考察隊那邊出現了小小的騷動。看到小華驚奇的樣子，「導遊」解釋說：「他們正在祭山呢。這座山的考察快結束啦。那個時候，山是一種標誌，有的還是關塞，很重要的。周王為了掌控各地，都要定期巡視。」

他倆大膽地走過去，考察隊成員發現了他們，並沒有阻攔。他倆也很自覺，站在比較遠的地方。

小華看到了祭山禮儀的全過程：山神的模樣威風凜凜，臉龐雖然像人，可身子是野獸狀。一位巫師主持祭山儀式，在巫師祝語聲中，全隊成員向山神行禮。

隨後，考察隊成員收拾行裝，看樣子這座山的考察祭祀活動就要結束啦。「導遊」利用眼下的時間空當對小華介紹：「這是厘山洛水考察路線的起點山，叫鹿蹄山。山上出產一種玉石，山下發現了金屬礦。這座山下面的積水區是甘水的發源地，這條小河向北流，注入洛水；甘水河道中出產一種泠石，又叫涅石，是中醫藥裏的一種藥物，有健身療效哩。」

小華隱隱約約看到一條彎彎的小河，彷彿自己隨着水流，不一會兒就到了河口，進入洛水。一路上，「導遊」一直在他身邊講解着：「鹿蹄山是這條路線的第一座山，以下還有扶豬山、厘山、箕尾山、柄山、白邊山、熊耳山、牡山、讙舉山。讙舉山是洛水的發源地。這條路線從鹿蹄山出發，可以說是迎着洛水上行的考察路

線。大概是因為厘山的位置很重要吧，所以這一組山叫厘山山系，路程就叫厘山洛水考察路線啦。整個路線九座山的山川物產各不相同，但是山神形象一樣，祭祀的禮儀和供品也沒有差別。」

小華插嘴問：「你是怎樣知道這些的呀？」

「都在《山海經》這部書裏面。別急，下面這條大河叫洛水，它是古黃河的支流。中國最早修建的都城洛邑就在這裏。不過，西周的都城在鎬京，以後才遷到洛邑⋯⋯」

「周平王遷來的，以後叫東周了。」和「導遊」伯伯熟了之後，小華大膽地插嘴。停了一下，試探性地問：「伯伯，這些地名都在現在的甚麼地方呢？」

「大多數是可以考證的。剛才我們看到的鹿蹄山，在今河南省伊川、宜陽二縣之間，就在東周王城南邊不遠的地方。每次考察，王官考察隊都從王城出發。來到第一山，開始考察行程，直到末尾一山。讙舉山在今陝西省洛南縣西北，洛水的源頭就在那裏。」

「啊？是的。我也知道，東周王城在洛陽市西工區。」忽然想到遊王城公園時爸爸媽媽說的話，小華脫口而出。

說到就到，他們又回到見面的地方。古色古香的王朝京城就在眼前。小華拍着手：「了不起的東周王城呀！」

他拉着「導遊」的手，喊：「伯伯，又回到原地啦！」

忽然，一隻有力的手推着他：「聰明的孩子，該回去囉！」

「伯伯，伯伯⋯⋯」小華不停地呼叫。

「醒醒，小華，醒醒！伯伯不在這兒，我是爸爸，是爸爸呀！」

小華揉揉惺忪的雙眼——爸爸正在用力推他。

原來是一個夢！

〈海經〉雖說字數較少，但是結構複雜。根據內容情況的不同，可以分為三部分：一是〈海外經〉、〈海內經〉八篇，它們與某種地圖有一定的關係，甚至是這種地圖的說明部分；二是〈大荒經〉四篇，它們主要是荒遠地區的記聞，作者在寫作時可能參考了包括某種圖在內的書面資料；三是〈海內經〉一篇，它兼有上述兩種特徵。

可以肯定，〈海外經〉、〈海內經〉八篇與某種早期地圖有關。中國很早以前就有了地圖。商周時代，大地測量方法已達到較高的水平。前文介紹的〈海外東經〉中豎亥步行測地就反映了這種情況。西周初年，周公、召公修建洛邑城，就用了地圖。古書《周禮》追記了西周時代掌官圖籍的官吏。

中國南北方都有地圖實物出土。1973年，湖南省長沙馬王堆三號漢墓出土了三幅西漢初年繪製的地圖，其中《地形圖》用閉合曲線並加暈線表示山脈和它的走向，河流、居民點等地理事物也表示得十分詳細，清繪筆法相當熟練，符號設計也有一定的規範，而且這幅圖的準確程度高，推斷是在實測的基礎上繪製的。

1978年，在河北省平山縣戰國時代中山國中山王的墓葬中出土《兆城圖》。這是一幅刻繪在長方形銅板上的墓地圖，它的顯示方位和西漢初年的《地形圖》中的一樣，都是上南下北，左東右西，經過鑒定，繪製的時間大約在公元前310年左右。

以上文獻記載和實物出土的事實都證明，西周、東周時代已經有了繪製水平相當高的地圖。那麼，〈海經〉所依據的地圖是甚麼呢？

〈海外經〉和〈海內經〉依據的地圖不是一種，依據經文內容分析，這種圖有如下特點：上南下北，左東右西，與漢初以前的地圖表示方向的順序一致；既有表示各種地理事物的符號，也有簡要的文字注釋。

〈海外經〉依據的可能是一種華夏中原和周邊交往的古地圖。西周是強盛的東方大國，中原與周邊部落、部族的交往相當頻繁。在東北，肅慎派來使者，並且進貢楛矢石弩。在南方的中南半島，越裳國曾在西周時派使者來進貢白雉。在西北、西南，漢代通西域以前就存在東西方之間的陸上交通線，上古時代中亞、西亞文化東來大抵通過這些古道。域外使者，商人入境，中原官商人員外出，必然帶來域外風物的傳聞。而且這些傳聞在傳播者有意或無意的誇張下越來越離奇。我認為〈海外經〉記載的域外奇聞就是來自這一途徑。

〈海外經〉記述的是「海內」地區包括地理、歷史、神話傳說的各種事物，資料來源於一種域內地圖。古書《周禮》記載「職方」官員掌管「天下之圖」，也就是全國性地圖。這種地圖也是上南下北，左東右西。圖中既有各種符號、圖畫，甚至還有簡略的文字注釋。

《山海經》中的其他科學內涵

各位讀者，《山海經》這部書裏面除了上述文學神話、歷史學、地理學的知識外，還有其他許多學科的知識，由於篇幅的原因，本書只舉例介紹天文學、曆法學、醫藥學、宗教學方面的知識吧。

在中國境內可以看到的極光

您知道極光嗎？您親眼見過極光嗎？

《山海經》中記載了極光，當然還是披着厚厚的神話外衣。

如今時興在節假日外出旅遊。有報道說出現了極光旅遊，是旅行社專門針對觀賞極光而設計的一種旅遊行程。「觀賞極光」，真是名副其實的「觀光」啊。

那麼，極光是甚麼呢？

我們生活的地球是太陽系中的一顆行星，如果把太陽系比作一個家庭，太陽就是媽媽。

太陽是一個熾熱的氣體球，從太陽中心到邊緣可分為四層，最外邊叫太陽大氣層。太陽大氣層又可以分成三層，中間的叫色球層，黑子、耀斑等天文現象就發生在這裏。太陽和月亮是先民最早認識的星球，《山海經》中也有關於黑子、耀斑的信息。

黑子是太陽色球層表面的亮斑點。中國最早的古籍中記載的「日中有三足烏」就是先民對太陽黑子觀測的記錄。前面講《山海經》神話時介紹了，三隻腳的烏鴉就是三足烏。

耀斑是太陽色球層某些區域在短時間內突然增亮的爆發現象，這種突然增亮能讓太陽在幾分鐘的短暫時間內發出巨大的能量。

科學家的試驗研究，證明了極光是由高空稀薄大氣層中帶電微粒所起的作用形成的。

你們玩過磁鐵嗎？把它靠近一堆小針，小針就被它牢牢吸住，得用力才能把小針分開。你再仔細觀察，還會發現它兩端的吸力最強。

實際上，地球就像一塊巨大的磁石，它的磁極在南北兩極附近。從太陽發射來的帶電微粒流受到地磁場的影響，以螺旋形的運動方式向南北兩極靠近，所以，極光大多在南北兩極附近的上空出現。

地球具有磁場作用，南北緯 60 度以內的兩極地區容易產生這種亮光。因為這種光出現在極地，所以人們就把它稱作極光。

極光受很多條件的影響。在能夠見到極光的同一個地方，有時看得很清楚，有

燭龍　〔明〕蔣應鎬圖本

時候人的肉眼根本看不見。去過北歐的挪威專程觀賞極光的「觀光客」介紹，每年的 1 至 4 月是觀賞極光的最佳時期。

除了挪威，北歐的瑞典、芬蘭、冰島，還有北美洲的加拿大，都是看極光的好去處。

其實，不出國門我們也能看極光。1982 年 6 月 18 日晚 10 時左右，中國黑龍江、內蒙古、遼寧、河北、山西等地區都曾報道過見到極光。

《山海經》中有兩處經文透露了極光的信息。一處見〈海內北經〉，記載鍾山神名叫燭陰，它的身子有上千里長。一處見〈大荒北經〉，記載得更加具體：西北方很遠的赤水以北地方，有一位燭龍神，它像一條長蛇發出紅光，身子有上千里長；又像一支巨大的紅燭，躺在陰黑的大地上。

《山海經》中的燭陰、燭龍，就是對極光的神話記述。

97

「生十日」「生月十二」和天干地支、十二生肖

不知道讀者們有沒有想過，為甚麼十天叫一旬，一個月分上、中、下三旬？

為甚麼一年分十二個月？

為甚麼有十二生肖？

每個人都有一個屬相，也就是十二生肖中的一個。你屬哪個呢？

一連串幾個為甚麼，問的都是曆法方面的知識。《山海經》中許多記載透露了這些信息呢。

中國曆法起始時間很早，《山海經》中記述的以山頭或樹木作為太陽和月亮出入地點的參照物，就是最早、最原始的紀年和季度的曆法。

常羲浴月 〔清〕汪紱圖本

山頭作為日出日落參照物在《山海經》中記述很多，〈大荒東經〉有六處，〈大荒西經〉有六處。

高大樹木也可作為日出日落的參照物。如〈大荒西經〉中說，方山上有一棵青樹，名叫櫃格之松，是日月所出的地點。

前面介紹《山海經》神話時，引用了〈大荒南經〉中羲和生了十個太陽兒子。「生十日」反映了紀旬曆法和十天干的建立。十天干是甲、乙、丙、丁、戊、己、庚、辛、壬、癸。

〈大荒西經〉記載常羲生了十二個月亮兒子。「生月十二」表明當時人們不僅已掌握了單純的出自月地相對運動的太陰曆，而且已經認識到一個太陽年內大概有十二個月圓月缺，有了太陽曆的初步概念。除此之外，「月十有二」還表明人們已經建

立了十二地支的概念。

另外，《山海經》神話中「生十日」的羲和與「生月十二」的常羲都是帝俊之妻，暗示了十日與十二月反映的天干和地支的聯繫。

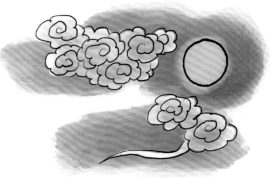

人類記數最早應該是用自己的雙手，十日一旬可能首先出自人有十指的記數法，由此又導出甲、乙、丙、丁、戊、己、庚、辛、壬、癸十天干。以人體十指為依託的十記數法推導出的十天干，和十二新月星象引出的十二地支，組合成了「六十甲子」，這就是干支紀日曆法。這種曆法到了春秋時期還存在。

十二地支就是子、丑、寅、卯、辰、巳、午、未、申、酉、戌、亥，也是天文觀測的結果。

你也許知道這首兒歌：「初三初四鵝毛月，十五十六月團圓，二十八二十九，日月一同走。」

陰曆每個月的初三、初四，月亮像一片鵝毛。月中的十五、十六兩天，都是一輪滿滿的圓月。特別是中秋八月十五，如果我們遇上的是晴天，那就正是一輪明月高掛。

到了月底的二十八、二十九這兩天，太陽、月亮在天幕上同步從東向西運行了。也就是說，本該出現月亮的夜空，竟然不見月兒的身影。

這就是每一個月之內月亮的運動規律，現在是這樣，我們老祖宗生活的時代也是這樣。

先民通過長期觀察發現了月亮運動週期。他們渴望月亮重新回來，非常重視觀察每次出現的鵝毛月，把它叫作「朏」，朏就是一月之首，後來人們又發現，每年十二個月首新月在天區的星象都不同。

於是，人們把這十二個星象記了下來。天文曆法學者經過反覆研究，認為「子、丑、寅、卯、辰、巳、午、未、申、酉、戌、亥」十二字的甲骨文的形體，和每年十二個月首新月的星象相同或相似。也就是說，沿用到現在的十二地支的這十二個字，就是老祖宗觀察記錄的符號。

十二生肖就是那十二個字代表的陰曆年份衍生出來的。每一年都以一種動物表示。你出生在哪一年，代表那一年的動物就是你的屬相。

十二屬相動物生肖的對應關係是：

子年鼠、丑年牛、寅年虎、卯年兔、辰年龍、巳年蛇、午年馬、未年羊、申年猴、酉年雞、戌年狗，亥年豬。

十二生肖爭名次

這天，小娟家裏的幾種電器吵吵嚷嚷地爭論不休，好像在討論甚麼重大問題似的。

小娟的手機在說：「我的小主人明天就過生日啦。她是屬牛的，十二生肖的動物中，我看牛應該排老大，牠最忠厚⋯⋯」

「是呀，牛只吃草，」收音機搶先附和，「流的卻是碧血 ——」

「別說流血啦，」電話機馬上更正，「應該說，牛只吃草，但牠的付出卻是遠遠地超過牠得到的一切。可不是嘛！牛耕地，種莊稼，人們才有飯吃呀。牛會拉車，牛能拉磨，牛還可以推動水車，把水引上農田，引入千家萬戶。幹這些事，都是任勞任怨，默默貢獻。當然，耕地種莊稼，拉車，拉磨，推動水車，這些都是以前的

事了，現在用拖拉機耕地，用播種機、收割機種莊稼、收莊稼，用汽車運貨，電機拉磨、抽水……」

　　錄音機打斷了它的話：「您真是整天和『說話』、收聽『說話』打交道的專家，能說會道！好啦，我已經把您的話全錄下來了。」

　　電話機又奪回「話語權」，爭着說：「我還沒說完呢。雖說牛的體力活已經被機械替代了，我們不能忘記牠在創造文明中立下的功勞啊。何況，牛的角色現在依然很重要 ——」

　　大夥兒爭先恐後地說話，能說會道的電話機也插不上嘴了。

　　「牛是人類最親密的家畜。」

　　「馬戲團也少不了牛。」

　　「動物園有好多不同品種的牛，真好看。」

　　「是呀，世界各地狂歡節鬥牛場面多熱鬧，牛還是主角呢！」

　　「你們就只知道玩，難道忘了牛的功勞嗎？」說這話的是電腦，它是小娟心愛的夥伴。大家看到沉默很久的電腦發表意見，都不忍打斷它的話。電腦繼續說：「牛奶呀 —— 你們愣着幹嗎？無論科學技術如何發達，牛總是貢獻乳汁 ——」

　　「是呀，牛吃的是青草，擠出的是乳汁呀！」愛說話的電話機實在忍不住啦，又加上一句。

　　愛動腦筋的智能手機望了望電腦的滑鼠和滑鼠下面的滑鼠墊，上面的圖案就是一隻老鼠。老鼠不是十二生肖動物中的頭兒嗎？手機擔心電腦還是會堅持說鼠是十二生肖首位，因為電腦以前說過「滑鼠指揮電腦，創造一切」的話。

　　電腦好像是經過了一番思想鬥爭，終於，它又說話了：「雖然我這兒有滑鼠、滑鼠墊，我不怕說我私心，牛的確是一位優秀者，牠

可以是十二生肖的頭兒。我也愛屬牛的小主人……但是，十二生肖和排位，是一種文化傳統，我們要繼承呀。不要輕率地改動。大夥兒不會怪我有私心吧？」

一陣長時間的沉默不語，突然，大家開始熱烈鼓掌。

《山海經》有豐富的醫藥學內涵，記載了許多疾病名稱、症狀和療法，以及大量的藥物名稱，歷來受到學者的重視。

《山海經》中記載的病名有四十多種，涵蓋了內科、外科和五官科。已定名的有疥、癰、疽、痤、痒、疣、癬、痔、癘、蠱、癭、癉、瘨、疫、聾、厭、風、眯、痕、墊、狂、寓、胕、字、皮張、臘、眕、癰、凶、驕、朐目、痴、瘕、厥、衕、喝等。

上述病名大多可以解釋。疥、癰、疽、痤、痒、疣、癬應是皮膚病，屬外科疾病。癰就是腫，癬應是皮癬。痔是現在命名的痔瘡。癘，今名麻風病。癭，漢代古書《説文解字》説是頸瘤，應是缺碘引起的甲狀腺腫大。癉，《説文解字》説是癆病。以前的癆病指的是肺結核。這種病很可怕。現在醫學進步了，可以治好的。

還有，疫是一種流行傳染病。聾，應該是耳科疾病。厭，郭璞説是「厭夢」，應是指神經衰弱之類的疾病。眯，應該是眼科疾病。痕，又寫成底，是腳部生繭。胕，浮腫病。字，郭璞説「生也」。不字，就是不育病了。皮張，是局部皮膚腫起。眕，郭璞注「大腹也」，有研究者認為是血吸蟲病，這種病在戰國秦漢時已經有了，在今湖北省荊州市考古資料中已得到證實。

還有，凶，郭璞注「邪氣也」，有研究者認為是一種精神病。朐目，是一種眼科疾病。衕，下病也，也是肛腸疾病。驕，郭璞注「或作騷，騷臭也」，即現在説的狐臭。厥，有研究者認為是昏迷。痴，

是一種痴呆症。癇，郭璞注「痴病也」。癇、痴二字讀音相近，有研究者認為是兩種病名，也可能是一種病名的重複稱謂。

另外還有一些我們可以從對藥物功用的記述中判斷的病名。如「食之不憂」，有研究者認為對應的可能是精神衰弱病；「食之多力」、「食之善走」對應的可能是精神壓抑症；「食之宜子孫」對應的可能是不育症；「佩之不迷」對應的可能是昏厥。

《山海經》中記載了十三種症狀：心病（胸部疼痛）、嗌痛（喉部疼痛）、霆（情緒亢進）、忘（健忘）、畏（情緒低沉）、怒（易怒）、不睡（失眠）、無臥（重度失眠）、惑（昏迷不醒）、愚（痴呆，反應遲鈍）、嘔（吐）、腫（浮腫）、飢（食慾亢進）。

上述疾病命名反映了當時人們對疾病的簡單分類，它比殷墟甲骨文中所見病名要多，分類較細。

《山海經》中記載的治療方法很簡略。用藥方法只有食、服、飲、佩（帶在身上）、席（寢其皮）、砥（針刺）幾種。此外，〈大荒北經〉中記載的「食氣」，有研究者認為可能是一種氣功療法。

《山海經》中記載的藥物約有一百三十二種。這些藥物主要是植物類藥物。植物類藥物又以草本藥物為主，木本藥物在數量上居第二位。除植物類藥物外，也有一些動物類藥物，礦物類藥物比較少。

《山海經》並不是醫藥專著，所以還存在一些不足：記載病名分類顯得標準不一，原則不清，如有時按病因分，有時按症狀分。再者，沒有用藥劑量，也未見複方。其實，當時的醫藥學已達到很高水平。被譽為神醫的扁鵲（前 407—前 310）就生活於《山海經》成書年代。

各位讀者是否看過《西遊記》呢？孫悟空去西天取經拜誰做師父呀？——對，唐僧！但是，唐僧並不姓唐，這個唐字是唐朝的唐，不是姓唐的唐，唐僧是唐朝的高僧。

僧是佛教徒的稱呼。佛教是現今世界上三大宗教之一，另外還有基督教和伊斯蘭教。

世界上的宗教是一直在發展的。在古老的時代，人類自身力量很單薄，面對強大的自然界，在不斷探索中，逐漸相信現實世界之外存在着超自然的神秘力量或者實體，它主宰着人世命運，使人們產生敬畏與崇拜，從而發展為一種信仰，並有固定的儀式活動。

圖騰崇拜

圖騰崇拜是宗教的萌芽狀態，但還不是原始宗教的最初階段形式。只有當具備了自然崇拜、動植物崇拜和鬼神崇拜、祖先崇拜之後，圖騰崇拜才有可能產生。

圖騰是甚麼呢？它本來是一個洋名詞：印第安語的 totem 的音譯，有「親屬」和「標記」的含義。《山海經》中的資料不少來自上古傳聞，所以有相當多的圖騰崇拜內容。

《山海經》中的魚圖騰材料

魚崇拜起源於先民在漁獵生產中為了祈求得到更多的

陵魚〔明〕蔣應鎬圖本

收穫，或者出於對以魚為代表的水產動物的一種歉意，或者報償。

《山海經》中有不少魚崇拜的材料，如〈海內北經〉記載大海中的陵魚，只有身子像魚，臉像人，還有人手人腳呢。

《山海經》中的蛇圖騰材料

上古時代草木豐茂，人煙稀少，爬行類動物曾盛極一時，崇蛇成了世界各地的古文化內涵。《山海經》中有大量的蛇崇拜材料，可以分為三類。

第一類是描述蛇的巨大威力，「巴蛇食象」就是這一類的代表。

第二類是蛇或者蛇的一部分直接當作神祇，如〈海內經〉記載「延維神」身子是蛇，頭卻是人，並且左右兩邊都有頭，還穿着紫衣，頭上戴着暗紅色的帽子。

第三類是蛇作為神的座駕，或者說神的裝飾物，如騎着蛇，踏着蛇，耳邊掛着蛇，雙手握着蛇，等等。

《山海經》中記載的鳥圖騰材料

《山海經》中有許多鳥圖騰材料，這些材料也可以分成兩類。一類見於〈五藏山經〉記載的山神，如〈南山經〉首經記載總計鵲山山系的首尾，從招搖山起，直到箕尾山止，這十座山的山神

延維　［明］蔣應鎬圖本

禺強　[明]蔣應鎬圖本

形狀，都是有着鳥的身軀。另一類見於某一神祇的形象，
如〈海外北經〉記載禺強神人面鳥身，〈海外東經〉記載句
芒神鳥身人面，等等。

《山海經》中的野獸圖騰材料

　　虎、豹等大型猛獸出沒於山林，這些林中猛獸是生活
在這種地理環境的先民們所崇拜的動物。《山海經》中所
記述的猛獸圖騰材料很多。經文記載這些材料的形式大致
有兩種情況。

英招　[清]吳任堂康熙圖本

107

一種只泛指「獸」，未注明哪一類，多見於《五藏山經》各經末尾。如《東次二經》記載從空桑山到碙山之間，共有十七座山，這十七座山的山神，形狀都是獸身人面，還拿着盾牌呢。另一種則具體指出某種野獸的種類，如〈西次三經〉所記載的神英招「虎文而鳥翼」，神陸吾「虎身而九尾，人面而虎爪」，神長乘「如人而豹尾」，等等。

《山海經》中的家畜圖騰材料

豕（彘，豬）、羊、馬、牛是與先民生產生活緊密相關的家畜，《山海經》中也有反映家畜圖騰的材料。這些材料主要見於〈五藏山經〉記述的山神形象之中。如〈西次二經〉記載，從鈐山到萊山之間，共十七座山，這十七座山的山神，其中十神都是人面馬身，另外七神都是人面牛身，四條腿，一隻手臂，拿着拐杖走動，是飛獸之神。〈西次三經〉記載，從崇吾山到翼望山之間，共二十三座山，這二十三座山的山神，都是人面羊身。〈北次三經〉記載，從太行山到無逢山之間，共四十六座山，這四十六座山的山神，其中二十神都是人面馬身，十四神都是彘身，還戴着玉，另外十神都是彘身，八條腿。〈東次三經〉記載，從尸胡山到無皋山之間，共九座山，這九座山的山神，都是人身羊角。〈中次七經〉記載，從休與山到大騩山之間，共十九座山，這十九座山的山神，其中有十六神豕身而人面。〈中次九經〉記

英招 〔清〕汪紱圖本

英招神 〔清〕《古今圖書集成·神異典》

【英 招】

　　《古今圖書集成·神異典》中的英招穿披肩圍腰，前蹄抱拳於胸前，後蹄似人穩穩站立於水面之上。汪紱圖本中，英招人面馬身，四蹄着地，一副粗獷桀驁之相。

載，從女幾山到賈超山之間，共十六座山，這十六座山的山神，都是馬身龍首。〈中次十一經〉記載，從翼望山到於幾山之間，共四十八座山，這四十八座山的山神，都是彘身人首。

人身羊角神（東山神）［清］汪紱圖本

人身羊角神 ［清］《古今圖書集成·神異典》

人面馬身神 ［清］四川成或因圖本

【人身羊角神】

人身羊角神，汪紱圖本中人身羊角神頭上左右各生一羊角，一身武士打扮，雙手作拱。《古今圖書集成·神異典》中的此山神造型和汪紱圖本相似，也是武士打扮。雖是山神，但身後都不見祥雲。

人身龍首神　〔明〕蔣
應鎬圖本

《中山經》中的龍鳳圖騰材料

龍和鳳也是先民們的崇拜對象。龍兼有獸、魚、蛇、鳥等各種脊椎動物於一身的形象。當時已形成原始農業，人們以種植業為主，並結合漁獵、養殖。龍形象的四個主要部位頭（豬首羊角）、爪（禽爪）、身（蛇鱷）、尾（魚）代表了原始經濟的各個主要部分。

鳳和龍一樣也是綜合了多種動物特徵的形象，鳳和龍並不是真實存在的動物。

《山海經》中記載的龍圖騰材料主要見於神祇。〈五藏山經〉各經所記述的山神，或龍首，或龍身，都是對龍崇拜的反映。如〈南山經〉首經記載十山神龍首，〈南次二經〉記載十七山神龍身鳥首，〈南次三經〉記載十四山神龍身人面。

〈東山經〉首經記載十二山神人身龍首，〈中次九經〉記載十六山神龍首馬身，〈中次十二經〉記載十五山神龍首鳥身。〈中次十經〉九山神形象都是龍身人面。龍圖騰材料有的也見於某一神祇的形象，如〈西次三經〉「鍾山」條記載鍾山之子鼓神人面龍身，〈中次八經〉「光山」條記載神計蒙人身龍首等等。

此外，龍還作為神祇的御者，也可認為是龍崇拜的象徵，如祝融「乘兩龍」（〈海外南經〉），蓐收「乘兩龍」（〈海外西經〉）。

鳳集合了許多鳥的形象。《山海經》中記載的鳳崇拜材料主要在經文中。如〈南次三經〉「丹穴之山」條記載這座山中有一種鳥，牠的形狀像雞，身上有五種色彩的紋路，名字叫鳳凰。牠吃自然界普通的食物，一面唱歌一面跳舞，人們見到牠，天下就安寧了。〈海

祝融　[明]蔣應鎬圖本

鳥身龍首神　[清]《古今圖書集成·神異典》

〈外西經〉記載得更加具體：諸沃之野，鳳凰自在地唱歌，自在地跳舞。生活在這兒的人們，吃着鳳凰生的蛋，喝着甘露，真是多麼的自由自在。

《山海經》中記載的巫

巫術也是一種早期宗教。巫又泛指神職人員，是神權的象徵。在先民的心中，他們是天地間的通使，神怪與人之間的中介。上古時代，巫這種神職人員還壟斷了文化。

巫術作為一種原始性宗教長期盛行。殷商時代巫的地位很高，巫術幾乎滲透到王權的每一角落。周朝時，殷人的極盛巫風已被中原人逐漸拋棄，公元前 492 年，中央王朝的巫官

鳥身龍首神（鵲神）[明]胡文煥圖本

【鳥身龍首神】

胡文煥圖本中的鳥身龍首神雖長着龍頭，但像鳥多一點，作者自稱鵲神。汪紱圖本中的山神龍首高昂，鳥羽華麗，雙翼伸展，頗有山神的威武姿態，作者自稱南山神。而《古今圖書集成·神異典》中，此神雖頭上生有龍角，但面目似人，有披肩圍腰，並如人一般站立在起伏的山巒中。

鳥身龍首神（南山神）[清]汪紱圖本

111

萇弘犯了法被殺這件事，可以看作是中原巫風衰落的標誌。不過，南方的楚國、越國卻保持和發展着巫風，如果和當時的中原諸國對比，那兒巫覡[1]的地位顯得高貴許多。到了佛教傳入，道教建立以後，巫作為一種民間地方性宗教仍舊長期存在。甚至於已經進入21世紀的現代，許多少數民族地區，乃至於漢族地區城鄉，仍然有巫師存在。當然，他們的權威早已不再。

《山海經》中記載的巫主要是著名的巫師和他們的重要事跡。

《山海經》中記載的著名巫師有：巫咸、巫即、巫盼、巫彭、巫姑、巫真、巫禮、巫抵、巫謝、巫羅、巫履、巫凡、巫相。這些名巫的姓名也出現在古代文獻中。巫咸、巫彭是殷代有名的巫師（見於《卜辭》）。

《山海經》中記載巫的重要事跡是採藥行醫和上下於天地間充當人神通使。《海外西經》記載巫咸國，登葆山，羣巫從這裏上天，又從這裏下來，回到人間世界。

《海內西經》記載十巫，都拿着不死之藥，圍在窫窳的屍體邊，想把他救活過來。

《大荒西經》記載靈山，十巫從這座山上上下下，這兒有上百種藥材。

以上記述中登葆山十巫上下和靈山十巫上下，應該是同一回事。

上古時代，疾病和死亡是人們的重大不幸。巫師採藥為民治病，救死扶傷，應該是作出重要貢獻的人。

十巫　[清]汪紱圖本

1　男巫稱覡，女巫稱巫。

《山海經》在國外
被翻譯成多種外文流傳

不同國家的人翻譯過不同語種的《山海經》。法國學者哈尼茲（Harlez）曾將《山海經》一書譯成法文，為《山海經》傳入西方作了貢獻。另外，《山海經》還有英譯本、德譯本。

國外學者翻譯的《山海經》

《山海經》之神怪

約翰‧希夫勒（John Schiffler）是美國著名的漢學家和《山海經》研究學者。20世紀80年代初，台北華崗出版有限公司出版了他的《〈山海經〉之神怪》（英漢對照）一書，英文書名是 *The Legendary Creatures of the Shan Hai Ching*。全書共163頁。

希夫勒在這本書的英文前言中，論述了《山海經》的性質、作者、成書時代、內容結構和學術價值等基本論題。關於《山海經》的性質，作者認為它是一部匯集了中國神話傳說的最古老的地理書，是一部豐富的史料書。關於《山海經》的作者和成書時代，作者認為「據說此書為夏禹所作，但不可信。根據有關資料提供的線索，我們可以說此書最早出於周秦時期」。關於《山海經》一書的內容結構，作者也主張三分法，認為〈五藏山經〉五篇和〈海外經〉四篇為一組，〈海內經〉四篇為一組，〈大荒經〉四篇和〈海內經〉一篇為一組。希夫勒對《山海經》一書推崇備至，稱讚《山海經》「內容如此豐富，想像如此神奇，乃屬世界之罕有」，認為「從《山海經》這部書裏，我們可以了解到中國祖先，

以及中亞、東亞各族人民上古時代的生活願望、勞動創造和英勇的戰鬥精神，同時可以了解到中國古代的文化史。」

希夫勒的書匯集了《山海經》記載的所有邦國神怪、珍禽異獸，將它們分成異域、獸族、羽禽、鱗介、靈祇五大類別。作者以準確、簡練、通俗的譯文對每一神怪的背景詳盡解釋。希夫勒的母親生前還為《山海經》繪製了一百四十四幅插圖，各圖栩栩如生，有助於西方人士了解這些神怪的意義。這本書後面還附有中國歷代年表和按英文字母排列的上述五大部分內容的目次，以及《山海經》研究書目提要。

國人外譯的《山海經》

中國學者將《山海經》翻譯成外文書是近些年的事。

2010 年 6 月，張佳穎所著的《山海經 —— 東方中國上古時代的綜合記錄》（英文版）由對外經濟貿易大學出版社出版。英文書名是：*SHANHAIJING—A Comprehensive Survey of the Eastern Communities in Ancient China*。

張佳穎另有一篇論文〈山海經博物英譯〉，談到《山海經》等古籍外譯的心得體會，她認為物名外譯主要用直譯的方法。《山海經》中記載的動物名、植物名、礦物名有許多古名，譯者在翻譯古名時應該採用音譯法，同時還要加注釋或寫出它的學名。

2010 年 12 月，湖南人民出版社出版「大中華文庫」《山海經》（漢英對照本），陳成今著；王宏、趙崢英譯，為傳播《山海經》文化作出了貢獻。

那些研究《山海經》的外國人

《山海經》是中華文化瑰寶，在走向世界的過程中首先在中華文化圈傳播，所以，朝鮮半島、日本和東南亞各地研究《山海經》的學者特別多。

《山海經》在亞洲的傳播

朝鮮半島研究《山海經》的學者很早就有專門的著作了。李奎報（1168—1241），詩人，學者，著有《山海經疑詰》一書。它的成書時代相當於宋朝。李源祚（1792—1871），學者兼政治家，著有《山海經辨》。它的成書時代相當於清朝。

現代階段《山海經》學者金周漢，是韓國的大學教授。他的論文〈李奎報的〈山海經疑詰〉和李源祚的〈山海經辨〉〉，被收入 1999 年中國吉林學術會議論文集。

日本很早就接觸中華文化，受影響很深，研究《山海經》的學者很多，成果最多的是小川琢治（1870—1941）。他也是日本著名的漢學家，小川琢治研究的《山海經》面很廣，涉及《山海經》的性質和價值、篇目、作者，《山海經》地理考證，《山海經》校勘等方面。他主張史地書說，認為《山海經》是中國歷史和地理的「唯一重要典籍」。

東南亞國家的《山海經》研究也有發展，馬來西亞華裔學者丁振宗，引用近代物理學理論、大陸漂移說，以及現代高科技、工藝解讀《山海經》，主張「《山海經》裏所描述的山脈、河流與海洋，是燕山運動之前的亞洲地勢。」

《山海經》在歐美的傳播

法國學者巴賽（M. Bazin）、維寧（Edward P. Yining）是 19 世紀研究《山海經》的學者。希勒格考證了《山海經》中描述的小人國、毛民國、玄股國、扶桑國、大人國、君子國、勞民國等地的地望。馬伯樂（H. Maspero）對比了《山海經》記述的地理情況和公元前 5 世紀印度、伊朗的文化潮流。蘭卡普尼（Lamcunperic）主張〈五藏山經〉是「商代山嶽之記事」。

山海經　　　希臘神話

英國學者李約瑟的《中國科學技術史》認為《山海經》「可以說是一個名副其實的寶庫，我們可以從中得到許多關於古人是怎樣認識礦物和藥物之類天然物質的知識」。作者還把《山海經》中怪物異獸與古希臘神話中的怪物進行比較研究，認為這種研究可以探索人類文化的起源。

美國研究《山海經》的學者很多，除了約翰‧希夫勒以外，美國還有許多研究《山海經》的學者。20 世紀中葉，「中國人最早發現美洲新大陸」的論題引起美國學術界的關注。關心這一論題的美國學者，或者對《山海經》做了地理考釋，或者對美洲原住居民印第安人與中國人的族源關係進行了探討。

20 世紀中葉，美國學者掀起了《山海經》熱。不少學者試圖通過《山海經》研究太平洋兩岸的文化關係。如亨利蒂‧默茨博士從 1936 年開始研究《山海經》等中國古籍，曾經根據《山海經》材料進行美洲實地考察，於 1953 年寫出《幾經褪色的記錄》一書，這是一部引人注目的亞美文化關係史著作。另據《科學畫報》1980 年第 8 期稱，有些美國學者認為《山海經》中的某些部分相當準確地描寫

了北美大陸的地形地物和特產，特別是〈東山經〉描寫了美國內華達州黑色石、金塊，舊金山海豹和會裝死的美洲負鼠等，而〈海外東經〉、〈大荒東經〉中的「光華之谷」等寫的是科羅拉多大峽谷。

有的學者認為，美洲印第安人和中國人在人種學上有聯繫，這有助於破解《山海經》之謎。據報道，美國埃默里大學人類生物化學家華萊士和他的同事，經過對美洲原始居民印第安人遺傳基因化驗比較分析後，認為北美印第安人可能是中國人的後裔。

美國學者還從民族學的角度研究《山海經》，代表人物有 R. M. 昂德希爾、埃默里大學教授道格拉斯·華萊士、哈佛大學華裔教授張光直、塞奧爾多·施舒爾博士，以及上面提到的亨利蒂·默茨博士等等。

俄國學者維拉·德洛芙娃著有《山海經的地域形制觀念》，提出了《山海經》地理研究思路。她認為「努力尋求文中地名最精確的地望並不是一種全然有效的解決辦法」，應該「設法探索《山海經》中的地理世界是如何整體構成、組合起來的」。作者提出了「柵格系統」（grid system）和「同軸方形結構」（a system of concentric squares）兩種可以概括《山海經》中地理事物構成的模式。

國外孔子學院傳播《山海經》

孔子學院，又稱孔子學堂（Confucius Institute），它不是一般意義的大學，而是推廣漢語和傳播中國文化與國學的教育和文化交流機構。

孔子（前551—前479），名丘，字仲尼，祖籍宋國栗邑（今屬河南省商丘市夏邑縣），出生地為魯國陬邑（今屬山東省曲阜市）。中國古代著名的大思想家、大教育家。孔子開創了私人講學的風氣，是儒家學派的創始人。

孔子是中國傳統文化的代表人物，選擇孔子作為漢語教學品牌是中國傳統文化復興的標誌。孔子學院秉承孔子「和為貴」、「和而不同」的理念，推動中國文化與世界各國文化的交流與融合。

孔子學院一般都是下設在國外的大學和研究院之類的教育機構裏。筆者曾經利用探親機會走訪歐洲最早的孔子學院——斯德哥爾摩孔子學院，近距離接觸學習中國文化的瑞典學子，並且應邀向他們介紹《山海經》。

斯德哥爾摩市是瑞典的首都，這所孔子學院附設於斯德哥爾摩大學中文系。在一棟教學樓前，首先看到漢字「中文系」的牌額，頓時感到興奮。就在大樓一側，筆者又找到了孔子的雕像。看到「至聖先師」在異域他鄉如此受禮遇，感到十分欣慰。

瑞典的漢學研究發端很早，斯文·赫定的絲綢之路考察，安特生對仰韶文化出土的貢獻和高本漢掀起歐洲的漢學風氣，為中國文化傳播奠定了基礎。斯文·赫定於1895年第一次來到中國，在考

察中，發現了樓蘭古國遺址，尋找羅布泊，翻越喜馬拉雅山，總計完成了三次新疆探險，世人對中亞絲綢之路的認識，必須歸功於赫定的畢生跋涉。

2010 年 10 月 15 日，作者和張佳穎應邀在斯德哥爾摩孔子學院做講座，講座的主題為〈《山海經》——東方中國上古時代社會的綜合記錄〉。作者用漢語，張佳穎用英語。主講提綱是：《山海經》簡介，東方《山海經》與歐洲《荷馬史詩》的比較，《山海經》神話和北歐神話的對應比較。講座中有許多互動，瑞典朋友對《山海經》表現了濃厚的興趣。

孔子學院遍及五大洲，它是將包括《山海經》在內的中華文化傳播全世界的橋樑。

　　一部最古老的書：兩千多年前文字記錄的早期文本，劉歆定稿的文本到今天也已經兩千零二十二年了。

　　一部最有價值的書：有人說是寶庫，有人說是百科全書，有人提議列入世界文化遺產名錄⋯⋯

　　一部爭議最多的書：巫書？神話書？歷史書？地理書？——內容涉及外星人？地球人？——地理範圍涉及主要在中國，還是到了歐洲、非洲、美洲、大洋洲？

　　一部最難弄懂的書：那麼多被神話外衣掩蓋的地理、歷史、文學、天文、曆法、醫藥、宗教等學科的知識，難怪有人說一輩子也學不完。

　　《山海經》的多種解讀會造成您的困惑嗎？

　　這就是歷史、文明。這就是歷史的複雜性，文明的多樣性。

　　如果您對《山海經》有興趣，要認真保存這本書！——無論您學哪一科，幹哪一行。等您長大後回過頭再看看這本少兒讀物，或許另有一番感觸啊！